ハヤカワ文庫 NF
〈NF599〉

アウシュヴィッツで君を想う

エディ・デ・ウィンド
塩﨑香織訳

早川書房
8927

EINDSTATION AUSCHWITZ

Mijn verhaal vanuit het kamp (1943-1945)

by

Eddy de Wind

Translated by
Kaori Shiozaki
Published 2023 in Japan by
HAYAKAWA PUBLISHING, INC.
This book is published in Japan by
arrangement with
SEBES & BISSELING LITERARY AGENCY
through THE ENGLISH AGENCY (JAPAN) LTD.

アウシュヴィッツで君を想う

アウシュヴィッツI（基幹収容所《シュタムラーガー》）の見取図

01 抑留者受け入れ施設
02 〈獅子の廊下〉
03 採石場I
04 収容所正門〈働けば自由になる〉
05 ブロック指導者詰所
06 第28ブロック：病棟
07 第26ブロック
08 抑留者の所持品倉庫・保管所
09 抑留者用厨房
10 絞首台
11 点呼広場
12 収容所オーケストラ
13 第24ブロック、第24ａブロック：収容所売春宿
14 ＳＳ病棟
15 クレマトリウム１
16 ゲシュタポ：取調室
17 ゲシュタポ：事務局、登録、クレマトリウム管理
18 劇場・倉庫
19 ＳＳ洗濯場
20 第20ブロックと第21ブロックにはさまれた中庭
21 採石場II
22 第11ブロック、処刑場：「死の壁」
23 第10ブロック：女性抑留者に対する医学実験が行なわれた
24 樺通り（ビルケンアレー）
25 収容所司令部
26 防空壕
27 コンクリート壁
28 収容所長官邸：ルドルフ・ヘスと家族が住んでいた
29 第９ブロック

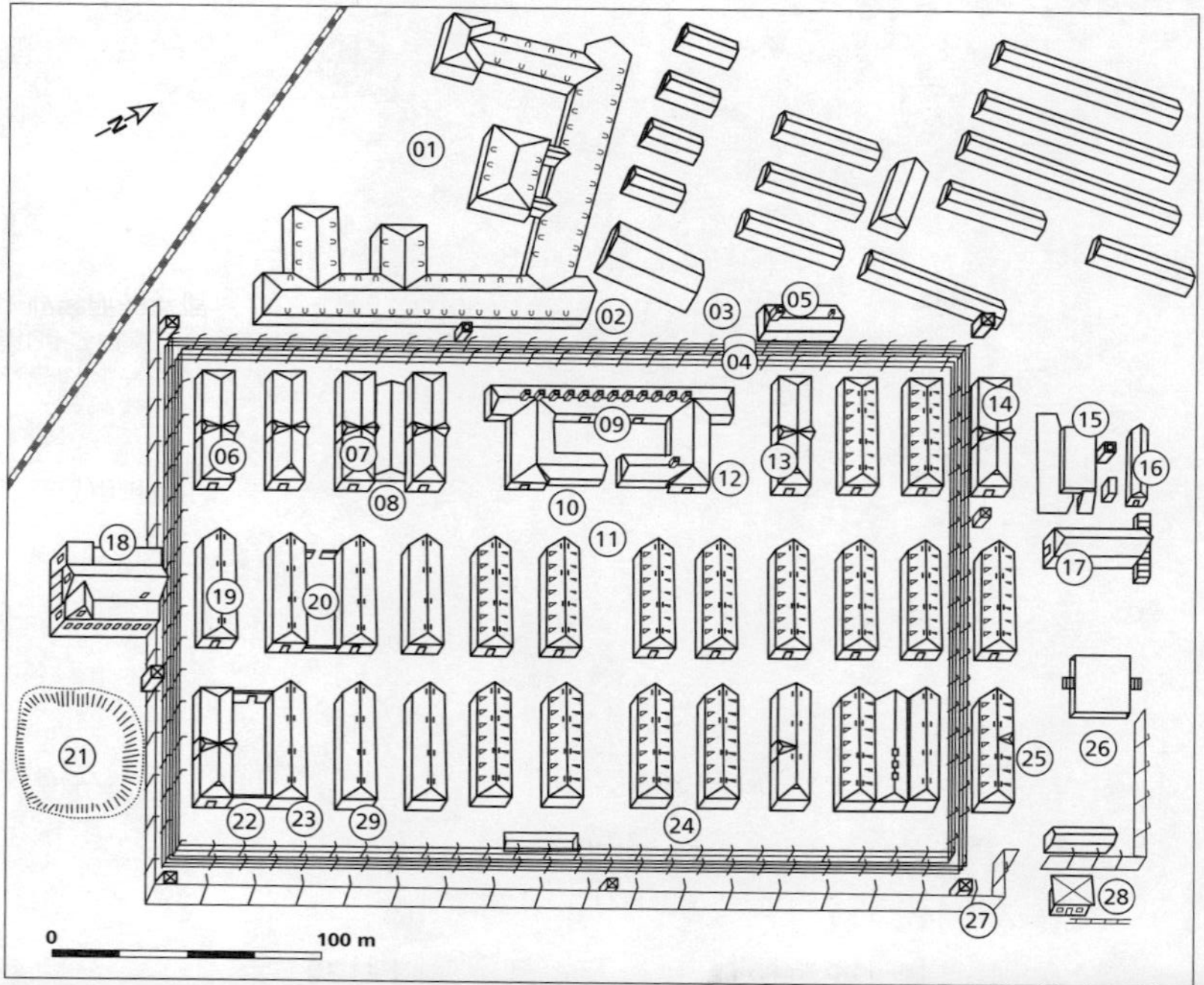
01
02
03
04
05
06
07
08
09
10
11
12
13
14
15
16
17
18
19
20
21
22
23
24
25
26
27
28
29
N
0
100 m

はるか彼方にかすむあの山まではどのくらいだろう。輝くような春の日差しの中に広がる平原はどこまで続くのだろう。自由の身なら歩いて一日、馬なら早駆けで一時間ほどか。ここからはもっとずっと、果てしなく遠い。あの山並みは、この世界、ぼくらがいる世界のものではない。あちらとこちらは有刺鉄線に隔てられている。

どんなに思いを募らせても、胸を高鳴らせても、あるいは頭に血を上らせても、まったくどうすることもできない。ここと平原を区切るあの有刺鉄線。二重に張りめぐらされた鉄線を上から照らす赤いランプのぼんやりとした光は、閉じ込められているぼくらを待ち受ける死のしるしだ。高圧電流が流れるフェンスと高い白塀に囲まれたこの場所に、それは確実に忍び寄る。

いつ見ても同じ景色。いつ見ても同じ思い。宿舎《ブロック》の窓辺に立ってあこがれの風景を見渡すと、興奮と無力感に息が詰まりそうになる。

一〇メートル。それがぼくら二人の距離だ。ぼくは腰をかがめ、窓越しにはるか彼方の自由を眺める。フリーデルはそんなこともできない。彼女はもっと閉じ込められている。

ぼくはまだ収容区《ラーガー》の中を好きに動ける。フリーデルにはそれすら許されていない。

ぼくが寝起きしているのは第九ブロック、いくつかある病棟《クランケンバウ》のひとつだ。フリーデルは第一〇ブロック。やはり病人がいる棟だが、ぼくのところとは様子が違う。第九ブロックに入院しているのは、虐待や飢え、重労働のために体調を崩した人たちだ。彼らには曲がりなりにも病気になる原因があり、診察をすればおのずと病名も決まる。

一方、第一〇ブロックは〈実験棟〉だ。女性たちが集められ、教授を自称するサディストたちが進めるおぞましい実験の餌食となっている。女性として生まれ生きていくうえで何よりも大切なもの──子を産む性であること、母親になれること──が、想像を絶するやり方で傷つけられている。

畜生同然の人間の欲望に屈服させられる若い娘も傷つき苦しむ。だがその行為は命の衝動からなされるものだ。一方、第一〇ブロックでなされる行為に抑えられない情欲は関係がない。それは政治的妄想、経済的利益で決まっていく。

　こんなことは、ポーランド南部に広がる草原を一望するとき、ここと地平線の彼方にかすむベスキディ山脈とを分かつ牧草地や湿地を駆け回れたらと思うとき、すべて頭の中にある。いや、そればかりか、ぼくらに許された結末は一通りしかないことも知っている。つまり、有刺鉄線で囲まれたこの地獄から解放される方法はたったひとつ、死だけだということ。

　それから、その死にもここではいろんな迎え方があること。

　死の使いは、正面から戦いを挑んでくることもある。そのときは医者にまかせればいい。相手が子分――飢えや寒さ、ダニノミシラミの類《たぐい》――を引き連れているにしても、ここで敗れた結果はあくまで病死であって、公式にも自然死として分類される。

　けれど、ぼくらが迎えるのはそんな死ではない。死の使いはきっとやって来る。かつてここにいた何百万という人たちもその姿を目にしたのだ。来るにしても、こちらがそれとは気がつかないように、じわじわと、ほとんどにおいもなく近づいてくるのだろう。

　もっとも、ぼくらはそれが隠れ蓑《みの》にすぎないことを知っている。ここの死の使いは制服をまとっている。ガス室を監督する男は親衛隊《SS》の軍服姿なのだ。

だから、遠くにかすむ山々を見つめると、こんなにもたまらない気持ちになる。ここから距離にして三五キロ。それでもぼくらは永久にたどり着けない。

だから、ぼくは窓際でせいいっぱい腰をかがめ、第一〇ブロックの様子をうかがう。そこには彼女の姿がある。

だから彼女の両手は、窓を覆う金網をきつく握りしめる。

だから彼女は、木枠に頭を押しつける。ぼくへの思いが満たされることはない。かすみの中にそびえるあの山にぼくら二人が抱くあこがれも、あこがれのままだ。

若草が萌え、マロニエのつぼみが大きくなり、光は日ごとにやわらかくなる。そんな季節がめぐってきて、新しい活力が吹き込まれるかと思われた。ところが地上は薄ら寒いまま、静まりかえっていた。一九四三年の春のことだ。

ドイツ軍はソ連内陸に深く侵攻し、戦局はまだ反転にいたっていなかった。

西部戦線の連合軍はまだヨーロッパ大陸に上陸していなかった。

ヨーロッパを恐怖に陥れた弾圧は次第に激しさを増していた。

ユダヤ人は占領者のおもちゃ同然にもてあそばれ、ネズミのように追い詰められていく。アムステルダムでは、夜ごと車のエンジンがうなり、革ブーツの足が踏み下ろされ、かつてあれほど閑静だった運河沿いの通りに命令を怒鳴る声が響いた。

そして、ウェステルボルク通過収容所。ここでネズミたちはつかの間自由を味わった。敷地内なら制限なく動けたし、手紙や小包も届いた。家族がばらばらにされることもなかった。だからアムステルダムに出す手紙には、みな正直にこう書いた。「こちらは元気です」――そのために何人もの人が秩序警察《グリューネ・ポリツァイ》におとなしく身を委ねたのだが。ウェステルボルクのユダヤ人たちは幻想を抱いた。この分だとそんなにひどいことにはならないかもしれない。確かにいまは閉じ込められているが、いつかまた元の生活に戻れるはずだ、と。

「戦争が終わって家に帰ったら……」と始まる歌が流行《はや》った。

彼らは、自分たちの運命を見誤っただけではなかった。それどころか、勇敢にも（あるいは愚かにも）ここで新しい人生を始める者、家族を持とうとする者まで出てきた。ウェステルボルク村長の代理として収容所に毎日詰めていたのはモルホイセン氏で、四月のある日の朝、ハンスとフリーデルは氏の前にそろって立った。この月、晴れの日は九日しかなかったが、二人が結婚した日はすばらしい天気だった。

二人は理想に燃えていた。二七歳のハンスは収容所で評判の医師。フリーデルはまだ一八歳。出会いのきっかけは、ハンスが担当する病棟でフリーデルが看護婦として働いていたことだ。

「一人ではなにもできない　一緒だからやっていける」ハンスはそんな詩をフリーデルに贈ったが、これは二人の気持ちそのままだった。一緒に乗り越えていける。そう信じていた。運がよければ戦争が終わるまでウェステルボルクにいられるかもしれない。あるいはポーランドで戦闘に参加することになるのか。戦争はいつか終わるのだし、ドイツが勝つとはとても思えない。

そうやって半年が過ぎた。二人は「医師控室」で暮らしていたが、それは女性が一三〇人寝起きする建物の片隅を紙で仕切っただけの空間だった。二人きりではなく、同室の医師がもう一人いたし、しばらくすると夫婦二組と部屋を共用することになった。新婚生活の始まりにふさわしい環境とはとても言い難い。それでも、移送さえなければ、なんとかやっていけたはずなのだ。

毎週火曜日の朝、一〇〇〇人が運ばれていった。老若男女、赤ん坊から病人まで。衰弱がひどく、列車で三日の旅は体力的に無理だとハンスら医師たちが証明できた者は収容所にとどまることを許されたが、それはほんの一握りだった。その他、キリスト教徒、ユダヤ人と結婚した非ユダヤ人、一九三八年（原文ママ）から収容されているドイツ系ユダヤ人の亡命者、いわゆる〈長期居住者〉。それからハンスやフリーデルのような正規の職員も移送を免除されていた（ウェステルボルク収容所は、ナチ支配下のドイツから逃れてくるドイツ系ユダヤ人を収容する目的で一九三九年にオランダ政府が開設した。その後一九四〇年にオランダはドイツに占領され、一九四二年からドイツ保安警察下の「通過収容所」となった）。

収容所には一〇〇〇人の名前が記載された職員名簿があった。その一方で、特別待遇の対象となる人々がオランダ各地からウェステルボルクに次々と送られてきた。ドイツ占領政府の命令で処遇が決まることもあれば、実際に立派な功績があり、特別扱いを受けて当然という人もいた。とはいえ大多数は、収容所の要職を固めている〈長期居住者〉やユダヤ人評議会の幹部の古い知り合いというところだった。そしてそんな人たちが到着するたびに、一〇〇〇人の名簿は見直され、名前が入れ替えられていた。

一九四三年九月一三日、月曜日の夜にユダヤ人評議会の人間がハンスとフリーデルを訪ねてきて告げた。移送の準備をしてください。ハンスは手早く身支度をし、各局の事務所を順番に回った。週一の移送を翌朝に控え、どこも大忙しだ。病院長のドクター・スパニアーは本気で腹を立てていた。ハンスはもう一年もこの収容所にいて、ずっと頑張って働いてくれている。ハンスよりあとに来て、まったく仕事をしていない収容者も多い。たしかにハンスの名前はユダヤ人評議会の職員名簿にあったわけだが、そこから消えてしまった以上、保健局は何もしてあげられない。

朝八時、収容所の中央を横切るように停まった列車のそばに、ありったけの物を携《たずさ》えた人々が集合した。ものすごい混雑だった。収容所警察や別動隊が出動して移送者の荷物を積み込み、道中の食べものも貨車二台に詰め込まれる。看護夫が患者を荷車に乗せて連れてくる。ほとんどがもう歩けないお年寄りだが、移送を待ってはもらえない（来週元気になるはずがないからだ）。そして見送る側は、列車から何十メートルか離れた柵の外で、多くは見送られる側よりも盛大に涙を流していた。列車の前後にはＳＳの乗った車が一台ずつ警護についている。ただ、彼らはやたらと優しく、移送者を元気づけるような声をかけることも厭わない。〈オランダの〉ユダヤ人がどのような扱いを受けているか。その真相をオランダ人の目から隠すためだ。

出発時刻の一〇時半。貨車の扉には外から錠が下ろされた。最後の別れの言葉を交わし、貨車の小窓から最後に一目、外の様子を見る。こうして、正確な行き先は教えられないいま、ポーランドへの移送が始まった。

ハンスとフリーデルは運がよかった。二人が乗り込んだ貨車は若い人ばかりで、しかもフリーデルがシオニスト運動にかかわっていた頃の仲間だった。とても気さくで親切な人たち。総勢三八人と比較的余裕もあった。おかげで少し工夫して荷物を積み直し、かばんを天井からつるすと、みな床に腰を下ろすことができた。

旅の途中で余興が始まる。まず最初の停車駅でＳＳの兵士が入ってきて言った。たばこをよこせ。しばらくあとには時計を巻き上げにきた。その次は万年筆、それから宝飾品。

旅の仲間たちはこの騒ぎを笑い飛ばしていた。ばらの紙巻きたばこを何本か差し出して、持っているのはこれで全部だと言ってのけたほどだ。ドイツ生まれの若者が多く、SSとの駆け引きは何度も経験している。それをくぐり抜けてきた彼らが、いまさらSSの仕打ちを甘んじて受けるわけがない。

食事は与えられなかった(三日のあいだ、一度も)。出発する時に積み込まれた食べものはいつの間にか消えていた。もっともそんなことはまったく気にならなかった。自分で持ち込んだ分がまだたっぷりあったからだ。時々、トイレの代わりのバケツを空にするために、何人かが外に出ることを許された。そこで爆撃の爪痕を目にするとうれしくなったが、ほかは特にこれといったこともなく、旅は続いた。三日目に行き先がわかる。アウシュヴィッツ。それはただの単語であって、よくも悪くも意味をもった言葉ではなかった。

その晩、彼らはアウシュヴィッツの降車場に到着した。

列車は停まり、しばらく動かなかった。乗客が気を揉みはじめる。いったいどうなっているんだ、アウシュヴィッツに着いたのなら降ろしてくれ、どんなところなのか見せてくれ。

そしてその時が来た。

夜が明けようとする頃、列車は再び動き出した。数分走り、広々とした野原に築かれた土手で停止する。そこが終点だった。土手に沿って、一〇人から一二人ほどの男たちが立っていた。みな青と白の縦縞の服にそろいの帽子をかぶっている。大勢のSS隊員がやたら忙しそうに歩き回っている。

列車の動きが止まると、奇妙な服装の男たちがすぐさま駆け寄り、貨車の扉を開けた。「荷物をよこせ。全部出せ」まさか。衝撃が走った。移送者たちはすべてを奪われることを知り、どうしても手放したくないものを着ている服の隙間にあたふたとねじ込む。だが例の男たちはもう貨車に乗り込んでいて、荷物も人間もかまわず外に投げ出しはじめる。そこで移送者たちはためらいながら貨車を降りた。するとすぐに四方八方からSS隊員が寄ってきて、線路と並行に延びる道に下りろと急き立てた。迷っている暇はない。もたもたしていると、蹴飛ばされたり、棒でたたかれたりする。こうして、誰もがたちまちのうちに列車のそばを離れ、自然に長い列ができていった。

ここにきて、ハンスはようやく確信した。フリーデルと一緒にはいられない。この先は男女別々だ。ハンスはフリーデルに素早くキスをして言った。「またね」――それが最後だった。前方に将校が一人、棒を持って立っていて、列の全体はゆっくりとそちらに向かっている。将校は移送者のひとりひとりにちらと視線を走らせ、棒を動かしながら言う。「左……右……」左に行けと言われるのは、年寄り、体の不自由な者、一八歳くらいまでの子ども。右には若者と体の丈夫そうな者が振り分けられていた。

ハンスも将校のほうに近づいていたが、フリーデルから目を離せなかった。彼女は数メートル離れた女性の列で順番を待っていて、ハンスに笑いかけた。「心配しないで。大丈夫」と言うかのように。

フリーデルに気をとられていたハンスは、将校（じつは医官だとあとでわかる）に年齢を尋ねられたのを聞き損なった。将校は返事がないことに腹を立て、ハンスを棒で殴りつけ、そのまま左側の列にはじいた。

つまり運のない者の列だ。年寄りが多い。ハンスの隣の人は目が見えないようだ。向かいは男の子だが、知的障碍《しょうがい》があるのだろうか。ハンスは恐怖に唇を嚙む。ここにいる子どもや年配の人たちと運命をともにするのは嫌だ。強くなければ生きられない、それはハンスも理解していた。かといって勝手に右側の列に移ることもできない。いたるところでSS隊員が小銃を構えて目を光らせているのだ。

フリーデルは若い女性たちの列に振り分けられた。年配の女性と子連れの女性はまた別の列だ。こうして四本の列ができる。若い女性が一五〇〇人前後、若い男性も同じくらい。残りの七〇〇人は男女それぞれの列のまま、道の端に立たされた。

先ほどの将校がまた姿を見せ、ハンスのいる列に向かって言った。

「この中に医者はいるか」

四人が前に飛び出した。将校は年配のファン・デル・カウスに質問した。アムステルダムで開業医をしていた人だ。「オランダの収容所ではどんな疾患がみられた?」

ファン・デル・カウスは口ごもり、眼病について何か言いかけた。将校は苛立って顔を背ける。

ハンスは待ってましたとばかりに声を上げた。「感染症についてお尋ねでしょうか。猩《しょう》紅熱《こうねつ》の散発例がありましたが、悪性のものではありません」

「発疹チフスは？」

「皆無です」

「わかった、全員列に戻れ」そして副官に言った。「あいつは連れて行く」

副官はハンスに合図し、若者の列の最後尾につかせた。自分はいま、大きな危険から逃れた。ハンスはそう思った。まさに間一髪。もうトラックが来ていて、年寄りたちはトラックに乗せられていたのだから。

ハンスは、この時初めてＳＳの本性を目の当たりにした。突き飛ばされ、足蹴にされ、殴りつけられる人たち。トラックの荷台は高いので、なかなかうまくよじ登れない人もいる。だが、ぐずぐずしていると棒で打たれる。だからみな必死になって一刻も早く荷台に上がろうとする。

老女が頭を殴られた。出血がひどい。そのために何人かがトラックに乗りそこねる。見かねて手を貸そうとした人は、蹴飛ばされたり、怒鳴りつけられたりして追い払われる。最後のトラックが到着した。ＳＳ隊員二人が年取った男性の手足をつかみ、荷台に放り投げた。このあたりで、若い女性の列が動きだした。フリーデルの姿は見えなかったが、その列にいることは確かだ。女性たちが二、三〇〇メートル離れると、男性の列も同じように歩きはじめた。

男女の列は厳重に監視されていた。銃を持った歩哨が両側を固めている。抑留者およそ一〇人に歩哨が一人というところか。ハンスは列の後ろのほうにいたが、左右について歩いている歩哨が目配せを交わしたのに気がついた。二人はちらと周囲の様子をうかがうと、左側の歩哨がハンスに歩み寄り、腕時計をよこせと言った。秒針付きの立派な時計は、医学部を卒業した時に母親から贈られたものだ。

「いや、これは仕事で必要なので。自分は医者なんです」

歩哨はにやっとした。「クソ医者、この間抜け！　時計を出せ！」そしてハンスの腕をつかみ、時計を取り上げにかかる。ハンスが思わずその手を払いのけようとすると、銃口が向けられた。「なるほど、逃走の意図ありか」

そんなにも無力なのだ。ハンスは悟った。アウシュヴィッツ一日目にして〈逃走中射殺〉はごめんだ。ハンスは自分で時計を外し、歩哨に渡した。

線路を横切った時、角を曲がろうとしているフリーデルが見えた。手を振る彼女の姿にほっとしてため息をつく。線路を越えたところには遮断機と警衛所。そこを通ってさらに進むと、ようやく収容所の構内に入ったらしかった。建材置き場のようで、物置小屋が並び、地面にも材木や煉瓦《れんが》が山と積まれていた。トロッコの軌道が敷かれている。男たちが荷車を引いていく。道の両側にはしっかりした建物がまばらに建っていた。工場なのか、ブーンとエンジンの音がする。その前を通りすぎると、また材木と煉瓦の山、そして物置。クレーンがセメント桶を釣り上げている。忙しく活気にあふれる中で工事が進んでいることはわかる。ただ、クレーンやトロッコよりも囚人服の男たちがやたらと目につく。ここには動力化《モータリゼーション》の波は及んでいない。その代わりに、何千何万という人が手を動かしている。

蒸気は便利だ。電気は効率的で、何百キロと離れた場所でも使える。ガソリンは手軽で馬力がある。だが人力は安くつく。それは腹をすかせた目を見ればわかる。裸の上半身には肋骨が浮き上がり、体を支えるのもやっとの状態だ。そんな男たちが列をなし、体を引きずるようにして煉瓦を運んでいる。木靴を履いていればましなほうで、ほとんどは裸足だ。彼らは空を見上げたり、周りを見回したりすることもない。まったくの無表情でただ前に進んでいる。新しく到着した連中に対する反応も一切なかった。時々、荷台に煉瓦を積み上げたトラクターが列の後ろにつく。低く唸《うな》るエンジン。ハンスは思わず、ヨットで海に出た夜のことを考える。貨物船が煙を吐きながら通っていく音がよみがえる。

あの頃の毎日は、あの時自分が思い描いていた人生はどれほど輝いていたことか。ハンスは勇気を奮《ふる》い起こす。くよくよしても始まらない。戦わねば。またいつかあんな日々が来ないとも限らない。

ハンスたちは正門の前に立ち止まり、初めて収容所を目にした。兵舎のような煉瓦の大きな建物が並んでいる。全部で二五ほどあるだろうか。どれも二階建てに屋根裏部屋がある造りで、ちゃんとした屋根の下に小さな窓が見える。建物と建物のあいだにはしっかりした道が通っている。歩道の敷石はまともだし、ちょっとした芝生もある。すべてが整然と手入れされ、秋の陽光を浴びて輝いていた。

模範村のひとつという見方もできただろう。何千人という労働者が価値ある仕事に従事している収容所なのだから。正門の上には、強制収容所の標語「働けば自由になる」が掲げられている。この門から収容所に足を踏み入れる者、あるいはドイツのどこかで同じような門をくぐった無数の人々を安心させるための暗示。含みのある危険な教えだ。

だがそれはまったくの幻想だ。この門は地獄の門以外の何ものでもない。「働けば自由になる」どころか「この門をくぐる者は一切の希望を捨てよ」がふさわしい。

なぜ地獄か。それは収容所の周囲に高圧線が張りめぐらされているからだ。きれいに漆《しっ》喰《くい》が塗られたコンクリート支柱。一本の高さ三メートルのそれを二重に並べ、とげで覆われた絶縁体を渡してある。鉄線はいかにも頑丈そうで、簡単に突破できそうにないことは見ればわかる。だが、見ただけではわからないもののほうがじつは恐ろしい。鉄線に流れる三〇〇〇ボルトの高圧電流。それを示すのは、ぽつぽつとともる赤いランプと、一〇メートルごとにある標識だけ。ドクロの絵にドイツ語とポーランド語で、Ｈａｌｔ《ハルト》、Ｓｔóｊ《ストゥイ》（止まれ）と書かれた小さなものだ。

鉄条網で囲んでも、狙撃ができなければ封鎖は完璧とはいえない。だから一〇〇メートルおきに監視塔があり、ＳＳの兵士が機関銃を構えている。

実際、奇跡でも起きない限り、ここから逃げ出すのは無理だ。収容所の中で顔を合わせた人たちもそう言った。塀の中では監視がずいぶんと緩くなったが、それはＳＳ隊員の仕事の大部分が抑留者に任せられていたからだ。もっとも、そんな務めを引き受ける抑留者は、収容所の外で働かされている何千人もの連中とはかなり見た目が違う。麻の制服は縞がくっきりしているし、寸法も合っている。帽子は黒、足元は革のブーツ。左腕には番号の入った赤い腕章を巻いている。なかなか洒落《しゃれ》た格好だと言えなくもない。

それが〈ブロック長〉だ。ひとつの建物、つまりブロックの責任者で、ブロック書記と一緒に抑留者を管理し、食糧を配る。みな顔が丸いから、自分たちは食べるものに不自由していないのだろう。全員ポーランド人か帝国ドイツ人（一八七一年のドイツ帝国建国以降ドイツ国内に居住していたドイツ人）だった。

ブロック長とSS隊員たちはさかんに近づくなと言っていたが、オランダ人の抑留者も何人かその場に集まってきていた。ハンスたち新入りは金目のものをまだいろいろと身につけており、そばに寄ってきた同郷人から声がかかる。たばこを持ってたら預かってやる。時計はしてないのか。このあと全部取り上げられてしまうぞ。それでも、新入りの多くはまだわかっておらず、すべてポケットにしまったまま出そうとしなかった。ハンスは一人にたばこを一箱渡したが、SSの兵士に見つかり、平手打ちが飛んできた。たばこを受け取ったオランダ人は心得たもので、素早く姿を消していた。

小柄ながらがっしりした体格の男がやってきた。尊敬されている人物のようだ。

「やあ、君らはいつウェステルボルクを発ったんだ？」

「三日前です」

「何か変わったことでもあるかい？」

「連合軍のイタリア上陸の話は聞きましたか？」

「もちろん、新聞を読んでいるからね。オランダはどうなっている？」

返事ができない。ハンスたちはむしろ、アウシュヴィッツのことを知りたかった。これから何が待ち受けているのか。「お名前をうかがえますか」と、新入りの誰かが言った。

「レーン・サンダース、ボクサーだ。ここに来て一年になる」

新入りたちは一瞬安堵した。どうやら生き延びることはできるらしい。いや、待てよ。ハンスは聞いてみた。「一緒に移送されてきた人はまだ大勢いますか？」

「ここではあんまり質問はしないことだな。そのうちわかる。見ざる聞かざる言わざる、ってやつだ」

「でも、お元気そうですよね」

レーンは意味ありげに笑った。「ボクサーだからな」

「ここでは何をさせられるんですか？」

「労務班《コマンドー》に振り分けられて、収容所の外で作業だ」

ハンスの頭の中には先ほど見た光景が浮かんだ。煉瓦やセメントを抱え、列を作って歩く、機械同然の人々。あの表情のない顔、死んだような目、痩せ細った体。

「トラックに乗せられたお年寄りはどうなるんです？」

「イギリスのラジオを聞いたことないのか？」レーンが聞き返す。

「聞いてましたよ」

「それなら説明するまでもないだろう」

そのひと言で十分だった。ハンスはフリーデルのことを考える（彼女の列は見失ってしまった）。母親や弟、自分よりも前にアウシュヴィッツに移送された人たちのことも。勉強のこと、開業すること、そのほかの目標。そしてまたフリーデルのこと、二人の将来のこと。もうすぐ死ぬと悟った人間の思考だ。

とはいえ、そう決まっているわけではないという気持ちもあった。もしかすると運が味方してくれるかもしれない。あくまでももしかすると、だが。医者なのだし。いや、それに賭けることはできないが、希望は持ち続けなければ。ここで自分が死ぬとは思えないけれど、かといって生きていられるとも思わない。

怒鳴りつけるような声に、ハンスは我に返った。「前へ進め！」新入りの集団は大きな建物にはさまれた道を進む。大勢の人が歩いていた。扉の上にガラスの看板を掲げた建物がある。

抑留者病棟

内科棟
立入禁止

内科棟の扉の前に白衣姿の男たちが座っていた。みな元気そうだ。白衣の背中には赤い糸で一本縫い取りがしてある。医者なのだろう。彼らは新入りのほうをほとんど見ようとしなかったが、ハンスにしてみれば、それにはさっきの作業員たちとは違う理由があるように思えた。奴隷のように働かされている何千人という抑留者は、打ちのめされ、疲れ切っていて、こちらをうかがおうとする気力すらない。だが、あそこの健康な連中には横柄さのようなものが感じられる。要するに彼らは役付きの抑留者なのだ。それなら新入りの立場はどうか。誰からも罵《ののし》られ、ばかにされる役回りだ。

そんな状態で、新入りは第二六ブロックにたどり着いた。看板には〈所持品保管所〉とある。レーンの話では、抑留者の〈所持品〉、ひとりひとりの衣服から貴重品まで、すべてのものを保管している建物だという。見上げると、窓の向こうに紙袋がずらっと並んでいる。一人につき一袋。だから収容所を出る際は、着ていたものも持っていたものも全部返してもらえる。

といっても、ハンスたちの服は保管されない。ユダヤ人が収容所を出ることはありえないからだ。ユダヤ人については、拘置され公判待ちの者はいない。したがって刑罰を受ける者もおらず、当然ながら釈放される者もいないのだ。

すでに聞いていたように、第二六ブロックと第二七ブロックのあいだで服を脱ぐように言われた。着ていたものはすべて、ポケットに入っていたものもろとも荷車の上に放り投げられる。持っていることを許されたのは革のベルトとハンカチ一枚だけ。ハンスは診察用具をいくつか隠そうとしたが、目ざとく見つけられた。左腕に腕章をつけた貧弱な体つきの〈収容区理髪師〉が全員を点検する。よけいなものを隠し持っていたことがばれると、取り上げられ、殴られた。ハンスは、診察用具は持っていたい、見逃してもらえませんかと言ってみた。理髪師の男はその頼みを鼻であしらうと、全部自分のポケットにつっこんだ。

こうして、ハンスたちはすべてを失った。じわじわと起こっていた変化が、いま締めくくられようとしている。公安長官ラウター（占領下オランダにおけるSSの最高責任者）の下でユダヤ人案件を担当するシュミットはこう言ったのではなかったか。「ユダヤ人は彼らが生まれた地に帰ることになる。ここに来た時と同じように身ひとつで」

シュミットは言わなかったが、ユダヤ人がオランダに移ってきたのは一六世紀から一七世紀にかけてとかなり昔のことで、しかも彼らは無一物ではなかった。それどころか、追放された国から相当の財宝を持ち出した一家も多い。そのうえオランダのユダヤ人はオランダ人と同等の権利を持っている。これはかつてオラニエ公ウィレムが勅令で認めたものだ。

それでいて、シュミットは（無神経にも）オランダ独立戦争の英雄エフモント伯の偉業を引き合いに出したのだった（一六世紀のフランドル貴族。オラニエ公ウィレムらとともにネーデルラントに対するスペインの圧政に抵抗したが反徒として斬首された）。いまここにいる迫害への抵抗者たちは、甘んじて死刑を受け入れたりはしない。祖国万歳を叫んで死ぬ代わりに、ぼろぼろになってもここから逃げ、何としても生きようとするはずだ。

ハンスはそう考えて自分を慰めた。分が悪い立場にあることは承知だ。それでもあきらめるわけにはいかない。自分の運命は厳しいが、敵の運命はもう決まっているのだから。ドイツの計画がゆくゆく頓挫するにしても、戦果の中でひとつだけ後世まで残ることがある。それはユダヤ人の制圧だ。ここに来るまでに、オランダのユダヤ人はゆっくりながら着実に破滅に向かっていた。

一九四〇年：ユダヤ人公職追放
一九四一年：専門職・師士業の禁止
　　　　　　公共交通機関の利用禁止
　　　　　　企業経営の禁止

劇場・公園・運動施設その他娯楽施設の利用禁止

資産制限（一万ギルダー）、のちに二五〇ギルダーに引き下げ

一九四二年：移送開始――生活そのものの禁止

ゆっくり、じわじわと。それはオランダ人が〈オランダの〉ユダヤ人を根こそぎにするような政策を黙認するはずがないと考えられていたからだ。もっともこの頃のオランダに、そんな恐ろしい計画の趣旨を理解していた人はまだあまりいなかったのだが。

ハンスたちは真っ裸で外に立たされていた。太陽がじりじりと肌を焦がす。彼らを抑留《ヘフトリ》者《ング》に仕立てる儀式は何時間も続いている。

長いベンチの向こう側に理髪師が六人待ち構えていて、頭髪だけでなく全身の毛を剃り落とす。「セットしますか」「トニックつけますか」といったお定まりの会話は一切ない。手つきはかなり乱暴だ。こんな暑い時間に仕事をせねばならないことに怒っているらしい。切れ味の悪い剃刀で、剃るというよりもむしり取るような動きで体毛を落としていく。仕事がしやすいように体の向きを変えないと、小突かれたり、悪くすれば殴られたりする羽目になった。散髪が終わった者には数字の入った紙が渡される。それを持って入れ墨係に行く。ハンスの番号は〈150822〉だった。

自分の腕の入れ墨を見て、ハンスはせせら笑うしかなかった。もうドクター・ファン・ダムではない。抑留者〈150822〉。誰がかまうものか。いつかまたドクター・ファン・ダムに戻れるのなら、どうでもいいことだ。もしそんな日が来るならば。

ハンスはまた、いつもの考えに襲われる。それはまるで大きなボールのように頭の中を転がり、壊れた蓄音機からの音のようにあふれるが、どうにも手出しができない。その時、背中をどんとたたかれて我に返った。

五〇人ほどで固まって所持品保管所に入っていくと、浴場があった。シャワーがいくつも並んでいる。三人でひとつのシャワーの下に立つが、お湯はちょろちょろとしか出ず、しかも生ぬるい。というか、汗やほこりを洗い流すのには冷たすぎ、すっきりするには熱すぎる温度だ。そうこうしていると、男が一人入ってきた。大きなゴム手袋をつけた手で、微妙なにおいのする消毒剤を裸の男たちの腋《わき》の下と陰部にさっと塗りつけて出ていった。

シャワーに続いて噴霧器で薬を吹き付けられ、ハンスたちは晴れて〈清浄《ライン》〉な状態になった。これはオランダ語で言う〈清潔〉とは違う。体を乾かすこともままならず、すでに汗と消毒剤でべとべとだ。肌がちくちくと痒《かゆ》かったし、剃り傷はひりひりと痛い。だが、ともかくダニとシラミは完全に駆除されたわけだ。

山と積まれた衣服の中から、着られそうなものを手早く見繕うのは一苦労だった。被服所（第二七ブロック）の廊下は日差しがまぶしい外から入ると暗く、何を抜き出せばよいのかまったくわからない。突き飛ばされ、押しのけられ、怒鳴られる。それでもぐずぐずしていると殴られる。だから必死にかき集めた。シャツ一枚、麻のズボン一本、上着に帽子。それに、木靴かサンダル。寸法を見ている余裕はなかったから、実際に着てみると（囚人服だが）どうもちぐはぐな感じになった。

滑稽と言ってもよかった。ズボンの丈が短くて半ズボンのようになっている者、長すぎて裾につまずいている者。袖なしの上着。袖を折り返した上着。共通していたのは、どの服も着古され、汚れていたこと。そしてどれも青と白の縞の布地を縫い合わせたものだったことだ。


そんな格好でハンスたちはブロックの前に全員集合した。もう午後も遅い時間ながら、夏の終わりの熱気はまだしっかりと残っている。みな空腹で喉も渇いていたが、そのことを持ち出す勇気のある者は一人もいなかった。

こうして樺通り《ビルケンアレー》で一時間待たされた。正門からいちばん奥、並ぶ宿舎の裏にある道路のことだ。ハンスたちは歩道の端に腰を下ろしたり、芝生に沿って置かれたベンチに座ってみたりした。中には道に長々と寝そべる者までいた。疲れ切っていたのも確かだが、それよりもこれから味わう苦痛を思って打ちのめされていた。

樺通りには事務机が並んだ一角があって、ハンスたちはそこで登録をすませた。およそ思いつく限りの事項が記録される。職業その他の資格、既往症（結核・性病）についてもくわしく。それからおなじみの質問。国籍と、祖父母の何人がユダヤ人か。

ハンスは医者仲間のエリ・ポラックと一緒だった。エリはどうしようもなく沈んでいた。トラックが列車のそばに何台も停まったあの時、エリは妻と子の姿を見たのだ。気を失った妻の体が荷台に投げ入れられ、子どもがそのあとに続いた。

「もう会えない」

ハンスはどうやって慰めるべきかわからなかった。口先でごまかすのは苦手だ。「そう決まったわけじゃない」と言ってみたが、説得力はあまりない。エリが口を開く。

「ビルケナウのこと、聞いたか？」

「ビルケナウ？　何だそれ」

「ものすごく大きな収容所の名前だ。ビルケナウはアウシュヴィッツの付属収容所で、年寄りと子どもは全員、列車から降りるとすぐに大きな部屋に入れられて、風呂をどうぞと言われる。実際にはそのままガス殺だ。死体はそのあと焼かれるらしい」

ハンスはなんとかしてエリに落ち着いてもらいたかった。だからこう言った。「そんなこと、みんなにできるはずがないよ」

その時スープが運ばれてきた。大鍋が三つ。一人につき一リットル配るという。ハンスたちは長い列を作った。小賢《こざか》しい連中が手伝いを申し出る。スープを入れる椀はあちこちにへこみがあり、琺瑯《ほうろう》がはげて金属がむき出しになっていた。数が足りず、二リットルのスープが入った椀を二人で分けて食べることになった。スプーンもあるにはあったが、二〇本ほど。スプーンがなければ椀に口をつけて飲むしかない。それは別に難しくなかった。どうにも薄いスープで、ほんのわずかに得体の知れない硬いものが浮いている。ブナの葉っぱかニレの葉っぱかと言い合っている者がいた。別にどうでもいいことだ。栄養状態にはまだ問題のない者が大半だったから、胃に入るのがお湯一リットルだろうとスープ一リットルだろうと大した違いはなかったのだ。

突然急《せ》かす声。「早くしろ！　すぐ点呼だ！」熱いスープを焦《あせ》って飲み下すと、木造の倉庫のようなところに連れて行かれた。二つのブロックにはさまれ、見たところ洗濯場のようだ。片側には煮洗い用の大きな釜がいくつもあり、反対側にはシャワーが並ぶ。シャワーを数えてみたら一四四もあった。シャワーのわきにはベンチがあって、そこで服を脱ぐことになっているらしい。ハンスたちはベンチに座って待った。

外で点呼をとったら、そのあと「ブーナ」に行く。待っている間にそう聞かされた。説明を終えた事務方の男は質問攻めに遭った。「ブーナって何だ？」「ひどいところじゃないのか?」「そこのスープもあんなか?」いや、待遇はひどくない。合成ゴムの工場で働くことになるが、企業に雇用されるかたちになるから、食事もちゃんとしている。男は意味ありげな笑顔を見せて答えた。

ハンスはベルギー人の抑留者に気がついた。

「ここは長い？」

「一年」

「我慢できる？」

「運次第だな。ましな労務班《コマンドー》に行ければなんとかなる」

「ましな労務班って？」

「洗濯場とか病棟《クランケンバウ》とかかな。昼間収容所の中にいる労務班なら、まあだいたい大丈夫だ。あとは食品の加工場。だけどユダヤ人はそっちには行けない」

「ぼくは医者なんだ。病棟に行けるかな？」

「医者だって言わなかったのか？」

「言ったけど無視された。ところで、女たちはどこに連れて行かれるんだ？」

「今日着いた組はこの収容所にいる。女性専用のブロックがあって、そこでいろんな実験をやっている」

ハンスは心臓が止まりそうになった。フリーデルもここにいる。だが実験？　何の？

ハンスはこのベルギー人にフリーデルのことを話し、自分はブーナに行くので、言付けを頼みたいと言った。相手は安請け合いできないと断りかける。女性棟に近づくだけでもかなり危ないからね。その時、SS隊員が一人入ってきた。全員はじかれたように立ち上がる。この動作はもう身についていた。兵士が声を張り上げる。「この中に医者はいるか？」

ハンスとエリ・ポラック、それからもう一人、知らない若者が列から飛び出した。SS隊員が尋ねる。医者になって何年か。知らない若者は研修医だった。エリは開業医として八年の経験がある。兵士はエリに列に戻れと言う。「お前はブーナに行け」そしてハンスと若者を連れて外に出た。

ハンスたちは収容所の構内を横切り、第二八ブロックまで歩いた。廊下で待つように言われる。長い廊下の床はコンクリート、壁は漆喰《しっくい》だった。両側には扉が並ぶ。扉に貼ってある小さな板を順に読んでみる。外来局、事務室、手術室、耳鼻咽喉科診療室、レントゲン室……切りがない。廊下の中ほどには、二階に通じるコンクリートの階段があった。

数分で白衣を着た男性が現れ、二人を連れて廊下の奥に向かった。すりガラスの扉には〈入院受付〉とある。入ってみると大きな部屋だった。かなりの大部屋と言ってもいい。部屋の半分を占めるようにベッドが置かれ、残る半分にはベンチが三つほどに体重計が一台。それから大きな机がひとつあった。たくさんの本と書類も目に入る。ここの病院で寝起きするなら、患者でも職員でもまずここで登録をするようだ。

ハンスと若者を待っていたのは、小柄で太ったポーランド人の男だった。いきなり小言を言われる。なんだその汚い格好は。上から下まで全部脱げ。そして男は三段のベッドを指さした。ハンスは裸のままいちばん上によじ登り、薄い毛布二枚を体に掛けて横になった。わら布団から飛び出たわらが痒く、毛布を体に巻き付けようともぞもぞする。そうやってようやく落ち着いたところで、誰かが顔をのぞかせた。三〇歳くらいだろうか、丸顔に眼鏡がちんまりとおさまっている。向こうが先に口を開いた。

「お前、名前は？　医者か？」

「はいそうです。ファン・ダムっていいます。そちらは？」

「デ・ホンド。ここに来て三週間になる。先週医官のところに行って採用が決まった。いまは〈看護夫〉の待機者名簿に載っている」

「どこの医学部卒？」

「ユトレヒト。小児病院に勤めていた」

「ここの仕事ってどんなこと？」

「そりゃ何でもありだね。一日中いろんなことに呼び出されるよ。すぐわかる。どっちにしても汚れ仕事だ。死体を運んだりとか。ところで、服持ってないのか？」

持っていない、とハンスは答えた。それなら明日取りに行こう、手伝ってやるよ。デ・ホンドはそう請け合ってくれた。ハンスは質問を続ける。「女性棟のことは何か知ってる？」

「それは……」デ・ホンドが言いよどむ。「第一〇ブロックだ。女房がいる。彼女も医者なんだ。三週間前に第一〇ブロックに行った」

オランダ人の医師がいると聞いて、ハンスは救われる思いがした。そして、自分の妻も第一〇ブロックに行ったと話す。

「なるほど、それなら君の奥さんのために一芝居打たなくちゃな」

「どういうこと？」

「いや、あそこで働いているザームエール教授は、ぼくの女房を実験の対象にしないと約束してくれたんだ。彼女は医者だからね。医者の奥さんだってひょっとするとうまくごまかしてもらえるかもしれない」

「いったい何の実験をしてるんだ？」

「それはザームエール本人に聞くといい。毎日ここに顔を出しているよ」

「妻と会うことはできるかな？」

「それはすごく難しい。見つかると懲罰房《ブンカー》行きだ。〈二五〉ですめば御《おん》の字じゃないか」

「二五？」

「ああ、二五回鞭《むち》打ちの刑。しょっちゅうある罰だ」

ハンスは笑みをもらした。そんな罰など別に怖くはない。要は見つからなければいいのだ。それに、フリーデルに会えるならどんなことでもするつもりでいる。明日の晩に連れて行ってやる、そうデ・ホンドが言うとちょうど九時だった。灯りが消えた。

だが、大部屋の中は真っ暗ではなかった。第二八ブロックはいちばん端の建物で、しかも入院受付の部屋は鉄条網の側にあった。鉄条網に沿って取り付けられたランプがともる。コンクリートの支柱一本おきに明るいランプがあって、囲いに近づくものを遠慮なく照らしていた。

鉄条網の赤いぼんやりとした輝きと、まぶしいほどの光が交互に連なる様子は壮観ではあった。その明るさが部屋に射し込み、ベッドに横たわる者の体を浮かび上がらせる。そのほとんどは、翌朝に医官の診断を仰ごうとやってきた病人だ。

明るいのはもう勘弁。ハンスはそう思った。どことなく怖くなる。目を閉じてみるが、どうしてもまた開けてしまう。厳しい現実を受け入れろと自分に強いるように。落ち着かず、体の向きを何度変えてみても、光は執拗《しつよう》につきまとう。毛布を頭からかぶっても、やはり光はそのままだ。すべてを突き抜けて迫ってくる。そう、自分は強制収容所にいるのだ。いくら顔を背けても、毛布の下に隠れても、その意識はごまかせない。どんなにほかのことを考えようとしても、その事実がすべてを圧倒する。どこを見てもあの鉄条網の光から逃れられないように。

ハンスは涙を流した。思い通りにならず泣きじゃくるような子どもの泣き方ではなく、静かに、自然に湧いてくる涙だった。大きな感情が渦巻いているわけではない。ただ悲しみがあふれ、涙がこぼれたのだ。

幸いなことにハンスは疲れ果てていた。流れる涙を拭おうともせず、自分が泣いていることも感じなくなって、ゆっくりと無意識の世界に沈んでいった。

強制収容所に入れられた人間は、毎日至福の時間を過ごす。その何時間かのあいだ、抑留者たちの世界では照明が落とされ、電流が切られ、囲いが解かれる。そして、ぼろぼろに痛めつけられた体から精神が解放される。彼らが夜ごと足を踏み入れるその世界には、ＳＳはもちろん、ブロック長も監督《カポ》もいない。その世界を支配するのは大いなるあこがれだけ。決まりは唯一、自由であることだけ。

毎日の生活は二種類の時間の繰り返しだ。一つは起床の鐘から就寝の鐘まで。二つめは就寝の鐘から起床の鐘まで。そして起床の鐘が鳴るたびに、感覚が目を覚まし、精神を縛りつける。楽園の終わりだ。

起床の鐘から半時間ほどで、その日最初の患者たちが顔を見せた。ハンスはベッドから様子をうかがった。

男たちはまず外で服を脱ぎ、脱いだものを上着の番号が見えるように包んでまとめる。そして建物には裸で入ってくる。浴場で体を洗うと、その場で胸に番号が書きつけられる。医官殿の仕事をしやすくするためだ。

浴場から再び入院受付室へ。そこで手続きをすませたら、ひたすら待つ。ハンスが見たところ六〇人くらいだった。全員の入浴と登録は七時には終わっていたが、医官が来たのは一〇時頃。それでも退屈しているような輩はいなかった。一日でもサボる口実ができてうれしいというのが大方の本音だろう。気分が悪すぎて退屈するどころではない患者も相当いる。そういう人は数少ないベンチに座らされていた。席を譲る以外の干渉はしない。とにかくまず熱があったり痛いところがあったりするのが明らかでも、誰も何もしない。

医官に診せる。それに先立って手当てをすることはご法度らしい。

九時半になって、ハンスと、昨日一緒に来た研修医ファン・リアに起きろと声がかかった。二人も医官と対面しなければならないという。上司（になるかもしれない人）にこの格好で会うと考えると落ち着かなかったが、あの汚らしい制服なら裸のほうがまだましかもしれないと思い直す。その時、廊下に声が響いた。「診察希望者、整列！」

帝国ドイツ人が先頭を行く。彼らも抑留者だが、ポーランド人とユダヤ人が多いこの収容所では特殊な地位にあった。ドイツ人のあとにはポーランド人をはじめとする〈アーリア人〉。ユダヤ人はいちばん最後だ。

ハンスたちは廊下を小走りに進んだ。列を乱すことなく「外来局」と掲げられた部屋に入る。きちんと片付いた部屋の真ん中、五〇センチほどの高さに鉄の棒が渡されていて、患者たちはその手前で待つ。一方、看護夫は鉄棒の向こう側で包帯などが載った大きな机を背にして立つことになる。

ガラスの衝立の奥には事務机が並び、事務員が何人も立ち働いていた。これまでに外来局で診察を受けたことのある者は全員がカード目録で管理されている。

いまは患者も看護夫もおらず、部屋の中には医官とSSの伍長、それからポーランド人の抑留者が二人いるだけだった。収容所内の病院を束ねる収容区長（つまり病院で働く医師たちの長）と、入院担当の医師だ。この二人は、いま並んで順番を待っている患者たちを昨夜診察した。そしてこれから医官の判断を仰ぐというわけだ。

医官の診察は何ほどのこともなかった。説明もなし、議論もなし、触診さえしない。急げ、早くしろ、中尉は忙しい、こんなことにかまけているひまはないのだ。そんな様子で医官は前夜の記録から診断を読み取り、患者を一瞥すると、すぐさま入院か〈休養許可〉かを言い渡す。休養許可とは、数日間仕事に出ずにブロックで休んでよいと認められること。入院する必要はないが働けない者、たとえば指にけがをしたり足に腫《は》れ物ができた患者に出る許可だ。

ただし、ユダヤ人の病人はほとんどが要入院だ。彼らの全身状態はかなり悪い。いちばん重い労務を課されているうえ、食べものの小包も届かないし、日々の食事もよくブロック長にくすねられているからだ。

入院、入院、休養許可、入院。ほんの数分で患者の列が捌《さば》けた。そして最後にオランダからの二人が取り残される。

「いずれも医師です。昨日の移送にて到着しました」ポーランド人の医師が報告した。

医官がうなずく。「必要部署に配置しろ」

それで終わりだった。ハンスとファン・リアは入院受付室に走って戻り、またベッドに入る。ハンスはほっとした。この機会を逃す手はない。病院で働けるのなら、外の仕事、建設現場の作業とはずいぶん違うはず。

入院する患者たちが看護夫たちと一緒に出ていった。外科、内科、感染症科、それぞれのブロックに連れて行かれるのだ。ほかの者は外に出て服を着る。休養許可をもらえた者には証明書が渡される。それをブロック書記に見せれば仕事に出なくてすむわけだ。

デ・ホンドがオランダ人二人を呼びに来た。

外に出ると、入院患者の服がまだそのままになっていた。看護夫が数人、包みをほどいて金目のものを取り出しにかかっている。大きく破れたりはしておらず、それなりにきちんとした服は別に分けられていた。どうしようもないものは手押し車へ。ハンスとファン・リアは、手押し車の山から着られそうなものを選《よ》り出した。

おかげでなんとか格好がついた。革靴も見つけたので履いてみた。かなりくたびれてはいたが、さすがに木靴よりはずっと歩きやすかった。

ちゃんとした服を着た以上は働けるということだ。すぐに声がかかった。服を積んだ手押し車を消毒場に持っていけ。

消毒場のカポが扉の前で待ち構えていた。消毒場は木造の小屋だが、このカポはここで働く一二人の男たちを絶対的に支配している。何も知らない新入り二人が近づいてくると、カポは嫌味たっぷりに頭を下げた。

「おや、お二人はどちらからおいでで？」

ファン・リアは礼儀正しく返事をした。「オランダから参りました」

カポは笑った。「それならすぐにおしまいだな。オランダ人はここに来て二、三週間もすればくたばっちまう。お前らはひ弱すぎる。働くようにはできてないんだ」

ハンスは肩をすくめてみせた。それはどうかな。ちょうどその時大きな蒸気釜のふたが開き、消毒済みの服が釜ごと出てくる。「ほら、仕事だ」

二人は釜から服をつかみ出す。とんでもなく熱い。さっきまで沸騰していたのだ。蒸気がもうもうと立ちこめ、手はやけど寸前、息をするのもやっと。たちまち汗まみれになる。

だがカポは容赦しない。二人が息を継ごうと体をよじると、ぐいと押し戻して怒鳴りつける。「さっさとやれ、この馬鹿ども！」

釜から服を全部取り出し、ハンスがめまいを感じながら小屋の前で一息入れようとしていると、誰かに肩をたたかれた。人のよさそうな顔つきの若者。ポーランド系のユダヤ人で、消毒場で働いている一人だった。

「ここのカポはなかなかの奴だろ？」

ハンスは意味がわからないというように若者を見返した。

「いや、君らはいじめられたんだよ。でも君は収容所の本当のところをわかってない」

「ここに来て長いのかい？」

ポーランド人は胸の番号を指さした。〈62〉で始まる五桁の番号だった。「一年半。すごく苦しい時もあった。いまのここはサナトリウムみたいなもんだ。ほとんど殴られたりしなくなったし、イスラム教徒《ムーゼルマン》にさえならなければまず安心だ」

「イスラム教徒？　どういうこと？」

「ほんとに何にも知らないんだな。メッカに巡礼する連中がいるだろう？　がりがりに痩せて、やつれきって骨と皮ばかりになっている……ガンジーみたいな、と言えばわかるか？　ムーゼルマンっていうのは、あんな奴らのことだ」

「そしたらどうなる？」

「働けなくなったらクレマトリウム行きだ。前はそうじゃなかった。ビルケナウにいたことがあるから知っているんだ。あの頃は、労務班がそれぞれ集合して、カポがたとえば『道路工事班二七〇名』って報告すると、門番のSS兵士が『四〇人超過』って言う。そうしたら、労務班を監督するSS隊員とカポたちはその日のうちに四〇人殴り殺す。夜の点呼に集合した時に漂ってくるのは、その朝一緒に出発した仲間の死体が焦げるにおいだ。

ムーゼルマンかどうかは関係なかった。そうやって何千人もが殺された。運よく殺されなくても、どのみちみんな死んでいった。なにしろ朝八キロ、夕方八キロ歩かされるんだ。砂利の採石の仕事だ。一日中足首まで、下手をすると腰まで水につかって働く。冬が近づくと、収容所に着く頃には服が凍りついて板みたいになった。しかも問答無用で殴りつけられる。一発二発食らったら一分シャベルにもたれられるなんて思うなよ。そんなことをしたらすぐまたSS隊員にやられる。ほら」

若者はハンスに足を見せた。大きな傷跡。そして左手は指が二本なかった。「めためたにやられたんだ。仕事中たばこを吸っている奴がいて、一服くれよって言ったらこっちに回してくれた。ちょうどその時に歩哨が通って、台尻で殴りかかってきた。かわしたけど、手は壁に打ちつけられた。二発目はたばこをくれた奴にまともに入って、夕方には奴の失神した体を担いで帰った。ひょっとすると助かったかもしれない。でもその晩の点呼が長かった。三時間も続いて、その間ずっと横になっているしかなかったから」

「どうして手当てしなかったんだ?」

「点呼なんだ。人数が合わないとまずい。どんなにひどい状態でもその場にいることになっている」

ジャックという名前のその若者は、黙り込んで自分の左手のつぶれた指先を眺めた。ハンスは周囲に目をやり、雷に打たれたような衝撃を受けた。消毒場の斜め向かいに窓に金網が張ってある建物があったが、その金網の向こうに女性たちの姿がうかがえたからだ。あそこが第一〇ブロック、女性棟だ。

ジャックはハンスの驚きを見てとった。「どうした？」

「妻がいるんじゃないかと思って」と、ハンスはためらいがちに答えた。

今度はジャックが驚いた。「昨日一緒に来たのか？　ならいるはずだ。へえ、運がいいんだな」

「会えると思うか？」

「夜だな。危ないけど、やってみる価値はある」

そこに看護夫がやってきた。さっき服を運んで来る時に一緒だった男だ。

「ブロックに戻れ」

昼間の時間は忙しく過ぎていった。次々と声がかかるが、つまらないことばかりだ。ベッドを整えろ、わらくずが落ちている。そう言われると、わら布団をならすところからやり直す。窓ガラスを拭け、汚れがついている。それなら古新聞を取ってきて磨く。退屈な仕事だったが、ハンスは黙々とこなした。そのあいだ、屋外で機械のように働かされていた連中の姿を思い出していた。ここで一日を無事やり過ごすことができれば、それは終わりに一日近づくということだ。

　カルカーも似たようなことを言った。彼はハーグの開業医で、ハンスの親戚のかかりつけ医だったので顔は知っていた。外科棟の第二一ブロックにいるという。オランダ人の医者が来たと聞いて、様子を見に来たのだった。ハンスとファン・リアに向かって口を開く。

「まあ、来たら幻滅するだろう。こんなだとはね」

「いつからいらっしゃるんですか？」

「三週間だ。はじめの二週間はこの入院受付にいて、そのあと第二一ブロックに回された」

「外科処置の助手なんですね」

　カルカーは笑い出した。「そうだ、洗面所の局所解剖学的研究を行なって、いまは衛生管理業務についている。奥が深くておもしろい仕事だよ。本当さ。一日に四回、床を水拭きする。便器を砂で磨くのは一日おき。私の持ち場は二つあるんだが、びっくりするくらいぴかぴかだよ。患者用は便器が二列で一二個。職員用は便器が六個一列だが、そのうちひとつは特別抑留者《プロミネント》専用の個室だ。ブロック長に収容区長、聞くところによれば医官もここを使うらしい。まだお目にかかったことはないが。なにせ、収容所にいるのはせいぜい日に半時間くらいだから、我慢できるんだろうな。もよおして、抑留者が用を足している便所に腰掛けるのも格好がつかないだろうし」

　カルカーの話しぶりはおもしろかった。「食事は十分ですか？」

「まあ、いまのところは。スープはたいていおかわりできるから、一・五リットルは飲んでいる。配属が決まれば週に二回パンが追加されるし」

「量はどのくらいですか？」ファン・リアが聞いた。

「スープ一リットルとパンは毎日。マーガリン四〇グラム、マーマレードスプーン一杯、ソーセージひと切れ四〇グラムは週に二回ずつ出る。でもあまり期待しないほうがいいぞ。マーガリンは脂肪分一五パーセントの代物だし、ソーセージは半分くらい水っぽい馬肉が混ぜてある」

「全体の栄養価、カロリーはどうです？」

「計算してみたんだが、スープはたいしたことがないな。一リットルで一五〇から二〇〇カロリーとして、一日全体だとおよそ一五〇〇カロリー。もちろんこれでは足りない。人間の体は寝ているだけでも一六〇〇カロリー必要だ。激しく体力を使う仕事をさせられていれば、〈イスラム教徒《ムーゼルマン》〉になるのは時間の問題というわけだ」

「でも看護夫はみんな顔色がいいじゃないですか」

「気がついたか。そうなんだが、連中はだいたいポーランド人だ。だから小包が受け取れる。それに、彼らはあれこれ〈融通する〉のもうまい。はっきり言えばくすねるってことだが。まあ、君らは来てすぐだが、二週間もすればわかってくるよ。たとえば、スープを配るのは看護夫の仕事だ。病人には鍋の上のほうの薄いところをよそって渡す。ほんのちょっとのじゃがいもや豆は底に沈んでいるから、そうやって残った分を自分で平らげているんだ」

背の高い男性が部屋に入ってきた。六〇は越えているだろう。歩く姿は少し前かがみだし、古風なツル眼鏡《パンスネ》を鼻にのせている。

デ・ホンドが立ち上がった。「こんにちは、教授」

それがザームエール教授だった。ハンスは名前を名乗り、雑談を交わしながら機会をうかがった。いつ着いたのか、政局はどうか、といったお定まりの質問に答え、ハンスはこれまでの身の上を話した。フリーデルのことは意識してくわしく。

すると教授がしゃべり出した。「なるほど。昨日着いたオランダ人女性の何人かとは話をしたが、ファン・ダムさんは記憶にないな。窓際まで近づけば、直接話すこともできなくはないよ。用心は必要だが。奥さんに君は無事だと伝えておくよ」

ハンスは手紙を預かってもらえないかと聞きたかったが、我慢した。もっと大事なことを確かめたかったからだ。「女性棟にはよくいらっしゃるんですか？」

「毎日行く。職場だ」

ハンスは知らないふりをして聞いてみた。「担当医ということですか？」

「そういうわけでもない。やるべき仕事をやっている。あそこにいる女性たちは、ある意味では研究材料と言ってもいい」

「不快なことではないのですね？」

教授はむきになった。「たしかに苦痛を感じる実験もある。体に悪い影響が出る可能性も否定しない。だが、私の研究はまったく別だ。私はSSの許可を得て子宮がんの発症について研究している。ここならたくさんの女性を診られるし、女性たちも私の研究に参加すれば、ほかの危険な実験の対象にはならない」

ハンスはわかったようにうなずいた。大真面目な説明に納得したわけではなかったが、それは悟られたくなかった。教授の助けはこれからも必要だ。

「判断は任せるよ。私がやっているのは、子宮口の粘膜を採取して顕微鏡で観察することだ。一部の女性で組織に特定の異常が見られる。細胞の構造がかなり違っているんだ。この細胞ががんになるんだと思う。だからこの研究で腫瘍ができる原因を突き止めたい」

教授の話を聞く限り、実験はそれほど危険なものではなさそうだった。もっとも、わざわざそんなことをする意味はわかりかねたが。ハンスは、日本のがん研究の例を知っていた。白ネズミの皮膚にタール生成物をこすりつけて組織の変化を観察したところ、がん化した。つまり人為的にがんを発症させたわけで、タールには発がん性物質が含まれていることが証明された、というものだ。パイプたばこを吸う人には口唇がんと舌がんが多い。かつては口をすぼめて吸う動作のせいだと考えられていたが、この実験の結果、パイプの中でできるタール生成物が原因だとわかったのだ。

どんな事情があろうと、強制的に生体解剖をするなどあってはならない。それは実験に意味があるかどうかとは別の問題だ。ハンスにはそんな考えがよぎった。だが、これはいま決めなくてもいい。まだ実情を知らないし、もっと気になることがほかにある。「昨日来たオランダ人の女性たちも、そのうち実験の対象になるんでしょうか？」

「もちろんだ。だが奥さんのことはなんとかしよう。私の名簿に載せれば、ほかの実験の対象にはならない。そうやって様子を見よう」

ハンスは教授に礼を言った。これで少し安心できる。どこまで当てにできるかはわからないが、約束はしてもらえた。フリーデルはとりあえず無事だ。

そうこうしているうちに夕方になり、有刺鉄線のランプがともった。

部屋長（太った看護夫だ）がやってきて、新入り二人を呼びつける。「死体班」デ・ホンドがにやにやして言った。「いい仕事だ。腕まくりしろよ。汚れるからな」

ハンスとファン・リアが外に出ると、大きなトラックが停まっていた。荷台には亜鉛メッキの鋼板が張ってある。死体運搬人が地下室から姿を現す。担架一つに二体。それでも平気だ。死んでしまったこの人たちは文字通り身を削って働かされ、生きていた時すでに骨と皮ばかりになっていたのだから。

運搬人は死体を運び出し終え、今度は二人で一体ずつ手足を持ってトラックに投げ入れはじめた。死体は荷台にたたきつけられると、そのまま奥に滑っていく。死体から出てくる液体で鋼板が濡れているからだ。荷台にいるハンスとファン・リアは、そのたびに飛びのかなくてはならなかった。滑りきって止まった死体を二人で持ち上げて、きちんと積み上げる。だがその間に次の死体が放り込まれているので、また慌てて身をかわす。運搬人たちはハンスとファン・リアめがけて死体を滑らせ、二人は荷台の上で散々飛び跳ねた。ぞっとする光景だった。日はほとんど落ちて、明かりは例のランプだけ。そんな中で、死体が続けざまに荷台を滑り、男が二人踊るように飛び跳ねる。二人の手は汚れてぬめり、死体をしっかりつかめない。そしてつかみ損ねた死体は、男たちの体にまともにぶつかるのだ。

ハンスは入院受付室に戻ったが、自分が信じられないほど不潔な気がした。手は水で洗った。石鹸は持っていなかったし、誰も貸してくれない。汚れた服を洗うことなど、とてもできない相談だ。

浴場にはいろんな標語が掲げられていた。たとえば「清潔は健康に通じる」「清潔第一」。いかにもドイツ人らしい。これらは一種の理想だ。現実に代わるべきこととして標語をたたき込み、至るところに貼りだしておけば、そのうちみなが信じるようになるというわけだ。「イギリス進撃近し」「V＝Victorie」（勝利のV）、あるいは「ユダヤ人は我らの禍《わざわい》である」。

チベットには、経文が書かれた紙の筒がある。それが風で回ると、祈りの言葉を唱えたことになるという。ここでは、浴場に足を踏み入れて水で体を洗い流す間に「清潔第一」を三度読んで健康になるという理屈だ。チベットのほうがいい、とハンスは思った。ドイツ人が文明の点でチベットの人々に勝っているのは、殺人の技術だけだ。

入院受付室では、デ・ホンドがハンスを探していた。「ファン・ダム、来いよ。暗くなってきたし、第一〇ブロックへ行くぞ」

二人は樺通りに出た。かなり人が多い。みななんとなくぶらぶらしているようだ。デ・ホンドは、第一〇ブロックのそばに立っている男たちのほうに向かった。そのうち一人をハンスに紹介する。「アドリアーンス、彼も医者だ」

アドリアーンスは矢継ぎ早に質問を浴びせた。ウェステルボルクの状況はどうか、妻の両親の消息は知らないか。だがハンスはほとんど聞いていなかった。一〇メートルほど先、格子のはまった窓の向こうに女性が顔をのぞかせることがあり、そこを食い入るように見つめていたからだ。

アドリアーンスは自分の話を続けた。ここに来て三カ月ほどだが、かなりの運に恵まれた。妻イーマはこのブロックで看護婦をしていて、自分は衛生研で働いている。衛生研というのは、〈武装親衛隊南東地区・伝染病血清学衛生研究所〉の略称だ。収容所とSSが管理する近隣の労働キャンプに関係のあるラボ実験は、全部衛生研がやっている。仕事はまあふつうだ。SSの実験助手に急かされはするが。アドリアーンスはここで言葉を切ると、振り返りもせずに言った。

「やあイーマ、今日はどうしていた?」

樺通りにいちばん近い窓に、若い女性が現れた。赤いスカーフで頭を覆い、白いエプロンを着けている。彼女の返事はよく聞こえなかった。

ハンスはどうにもたまらなくなり、イーマに、フリーデルを呼んできてもらえないかと声をかけた。だが、まわりを固めていた仲間から、すかさず一発お見舞いされた。大きな声を出すんじゃない。五〇メートルも行けば収容所の敷地は終わりだ。内側の柵をはさんで立つ監視塔からは歩哨が見下ろしている。女性を呼ぶ声を聞きつけられたら、銃で一発。恋も愛もあったものじゃない。

ハンスはもともと待つことが苦手だった。だがいまは、それこそ何年も待ちわびた出会いであるかのように、耐えがたいほどの緊張と戦っていた。窓際の一角には熱気が満ちてきた。たそがれ時、向こう側にいる女性たちの輪郭が影絵のように映る。夏の終わりの蒸し暑い夜のはじまりに、謎めいた空気が漂う。千一夜物語さながら、男たちはハーレムの前に立ち尽くす。誰かへの思いに胸を焦がして。

そして待ちに待った声が聞こえた。静まりかえった異国の夜に遠くの光塔《ミナレット》から流れる歌声のごとく、もの悲しさとあこがれをたたえ、この世のものとは思えない響き。恋人たちが人目を忍んで交わす言葉のひそやかさと、導師《イマーム》が地に伏して唱える祈りのような哀愁を帯びた、あの声。

「ハンス！　ああよかった、ここにいたのね」

「フリーデル、そう、一緒だから大丈夫だよ」

ハンスはフリーデルの姿を探した。だが闇が濃くなり、窓際に群がる女性も増えてきた。押し合いへし合いしているが、みな赤いスカーフをしているので誰が誰だかわからない。ハンスはそうこぼす。

「じゃあスカーフをとるわ。どんなにかわいくなったかも見てもらえるし」

二つめの窓にフリーデルの顔があった。ハンスは笑顔を返す。もちろんかわいらしい。髪の毛があってもなくても、この気持ちは変わらない。また一緒に過ごせる時が来るまでにどんなに痛めつけられたとしても、フリーデルはフリーデルだ。

「中の様子はどう？」

男たちがハンスを歩哨から隠すように立ってくれたおかげで、少し気安く話ができた。

「そうね、悪くはないわ。働かなくてもいいし、清潔だし」

「フリーデル、教授と話ができたんだ。医者の奥さんだから助けてくれるそうだよ。だから心配するな」

「ありがとう。ひどいことしてるみたいだから」

隣の女性がフリーデルを小突いた。触れてはいけないことらしい。

「フリーデル、ぼくは病院で働くから。なんとか頑張れると思うけど……」

会話はそこで途切れた。口笛が響き、ハンスの体がそっと押される。男たちは樺通りに戻り、そのまま振り返らずに歩いた。

若い男が近づいてきた。「いまのはぼくが吹いた。クラウセンが収容所にいる」

連絡指導者クラウセンは不定期に収容所にやってくる。彼が見聞きしたことは、夜になると収容所指導者に報告される。背が高く金髪、ドイツ人の見本のような容姿。午前中のクラウセンは意地が悪いが、夕方以降はたいてい酔っていて、とても危険だ。

文明国に生まれた人間であれば、ほんの小さな子どもの頃から、残忍な感情は抑えるものだと諭され、教えられているはずだ。ところが、ドイツ国民にその縛りはない。国家社会主義の原理にアルコールが加勢すると、人間は悪魔になる——と言うのは、悪魔に失礼かもしれない。悪魔の復讐には理由があるからだ。悪魔が誰かを虐待するのは、そうして当然のとき。たとえばファウストのように契約で取り決めていたときだ。だがナチは、何の理由もなく無防備な犠牲者に飛びかかる。

その夜の連絡指導者クラウセンも、まさにそうだった。ハンスたちが遠巻きに見守る中、手当たり次第に殴る蹴るの暴行が始まる。逃げ遅れた者は地面にたたきつけられ、革ブーツの一撃を食らう。

そこに収容区長ヴィリーが登場した。収容区の責任者で、抑留者の代表でもある。ヴィリーは帽子を取り、笑顔でクラウセンに歩み寄った。クラウセンは一瞬戸惑ったようだが、ひたすらうなずいている男が誰だかわかると落ち着きを取り戻した。収容区長の肩に親しげに腕を回して歩き出す。ちょっと一杯やろうじゃないか。

張り詰めていた空気が緩んだ。ヴィリーのおかげだ。ヴィリーは抑留者の味方をするのは自分の義務だと考えていて、そのためなら自分を危険にさらすことも厭わない。とにかくいい人だ。ドイツ人だが、共産主義者でもう八年も収容所にいる。

その点、病院の「抑留者長」デーリングはまったく違う。ちなみに「△△長」は抑留者のなかからSSが選ぶ。デーリングは病院で働く抑留者の長なので、いわば病院長だ。ハンスが正式に顔を合わせたのはその翌朝だった。

「専門は？」

ハンスは手短に答えた。椅子にだらしなくもたれ、仕事仲間にぞんざいな口のきき方をするこの男に嫌悪を感じながら。

「わかった、廊下で待て」

廊下で待たされている抑留者はほかにもいた。ポーランド人の若者が多い。彼らは看護夫として病院長デーリングに引き合わせられる。ユダヤ人は三人。ハンスと研修医ファン・リア、それに年配の男性が一人。ドクター・ベンヤミン、ベルリンの小児科医だと名乗った。ハンスと同じ移送列車で到着したが、消毒のあとザームエール教授直々に病院に連れてこられた。教授とは同窓生なのだそうだ。

ポーランド人の最後の一人が病院長の部屋から出てくると、名簿を抱えた書記が顔を出し、まず若者たちをどこかに連れて行った。書記はすぐに戻り、ユダヤ人の医者三人に向かって言う。

「まず検疫だ。終わり次第配置される」

じつはハンスは、前の日の医官の話から、自分はもう病院に配属されたと思ったのだが、デ・ホンドに釘を刺されていた。「ドイツ人との手続きは終わった。だけどポーランド人とはまだだぞ」

その忠告の通りになってしまったようだ。

医官はハンスたちの採用を決めた。なのにポーランド人の病院長はなぜか検疫を命じた。はたして病院で働けるのだろうか。それとも検疫は病院長の口実にすぎないのか。

ハンスは怖くなってきた。ポーランド人は検疫を受けないのか？　なぜユダヤ人三人だけ？

検疫期間を通して、ハンスは収容所の日常を知った。ベッドは三段で、いちばん上をハンスとドクター・ベンヤミン、そしてロシア人の男が三人で使う。朝四時半、厨房棟の屋根にある大きな鐘が鳴る。それから一〇数えるかどうかのうちに、検疫室の中は大騒ぎになる。誰もが飛び起きてベッドから降りるのと入れ替わりに部屋長がよじ登り、まだ寝ている者がいればたたき落とす。

部屋の真ん中の通路には長い列ができ、ベッドから落とされた者は後ろに並ぶ。顔を洗うためだが、下手をすると一時間もかかる。ハンスにとって、この待ち時間はかなりの試練だった。朝起きたらまず用を足す。長年の習慣だ。それなのに、シャツ一枚で小一時間も立たされ、ちょっと列を抜けることもできない。部屋長や見張り係に手洗いに行かせてくれと頼んでみても、二、三発殴られるのが落ちだ。

もちろん永遠に待たされるわけではない。戸口で木のサンダルを受け取って階下に行くと、手洗いと浴場がある。手洗いには汚物監督《シャイセマイスター》がいて、便器が汚れないように目を光らせ、棍棒を振り回している。浴場には、こちらも棍棒を持った浴場監督《バーデマイスター》がいる。壁には例の標語。たとえば「健康は清潔から」。清潔とはよく言ったものだ。石鹸もなしに、蛇口から出るわずかな水で顔を濡らし、自分のシャツで拭う。そして検査だ。洗わずにごまかすと、またひどい目に遭う。

それから寝具の整頓にかかる。ドイツ人は、ベッドを整えることに特別なこだわりを持っていた。彼らにとってベッドとは、横たわって眠るためのものというより、まずは眺めるものだった。毛布が汚れていようと、わら布団がへたっていようと、病人あるいは死人が寝ていたベッドであろうと関係ない。肝心なのは正しく「仕上がっている」ことだ。毛布のしわひとつ、わらくず一本も許されない。それが終われば、二〇〇人のポーランド人とロシア人にはさまれ、また列に並ぶ。ベッドの後ろ側を通って長々と続く列は、コーヒーのためだ。喉が渇いているかどうかによらず、とにかく並ばなければならない。数が足りないので、二人でひとつの椀から分けて飲む。大急ぎで。その椀が空くのを待っている者がいるからだ。「清潔第一」という標語の下で、ひとつの椀が使い回されている。大勢の人間が同じ椀からコーヒーをすすり、木切れをスプーン代わりにしてスープを飲んでいる。

ハンスは、信者の農家でスープの食卓を囲んだ牧師の話を思い出した。大麦のスープをひとつの鍋からすくって食べる。牧師の口に何かのかたまりが入ったと見ると、主人が言った。「吐き出してくださいよ、私もさっきそうしたんで」この部屋で食器に吐き出されるものとはいったい何だろうか。

ハンスはこんな状況をそれなりに面白がっていた。ドクター・ベンヤミンは違う。ドクターは打ちのめされていた。一日中急き立てられ、殴られることに耐えられない。だがその無力感のために、かえって暴力の標的になっていた。コーヒーが配られると、飲むのが遅いといってたたかれ、コーヒーのあと「全員ベッドに戻れ」と命じられると、蹴りを入れられる始末。

それから数時間はベッドで過ごす。〈特待者〉は床をモップで拭いている。それでスープを一杯稼ぐ——なるほど特別の待遇だ。ハンスは退屈する（もともと落ち着きのない性格なのだ）。それでもレーン・サンダースが言っていたことを考える。検疫に行かされたなら、そこでの一日一日はありがたいおまけだ。食事の量は労務班と同じで、働かなくてもいいんだから。

確かに体力は温存できる。ただし神経は消耗する。コーヒーはいつ配られるか、スープはいつ出てくるか。そして次に怒鳴られ、殴られるのはいつか。

昼間外に出てみることもあった。建物の陰になるところにいれば悪くはなかったが、九月の太陽に照らされた空気はオーブンの中のように熱い。それでも、外に出るとひとつ楽しいことがあった。ハンスはロシア人とポーランド人ばかりの部屋にいて、周囲との会話がまったくない。しかもユダヤ人はドクター・ベンヤミンとハンスだけで、同室の者は二人に冷たかった。だが、外ならほかの検疫室に入っている人たちと知り合えた。チェコ人にオーストリア人。そして何よりも気が休まったのは、必ず誰かが戦況を説明してくれたことだ。せいぜい三カ月もすれば終わるに違いない。

四日目、フリーデルから差し入れが届く。マーガリンとジャムのサンドイッチ。検疫室ではちぎれたパンが出てくるのだが、このパンはきちんと一枚ずつの大きさで、あいだにマーガリンとジャムがはさまっている。妻がこしらえた食べもの。ハンスにとっては思わぬ喜びだった。

そのくらい近いのだ。フリーデルがいる場所までは三〇〇メートルほど。だが出入口には見張りが立っている。見とがめられれば思い切り殴られるのだろう。殴られるのならまだいいが、悪くするとSSに報告されるかもしれない。そうなれば懲罰班行き。そんな賭けは危険すぎる……。ハンスは、やきもきしながら一週間をやりすごした。何もできない状態から終戦への期待をふくらませたところにパンが届き、殴られる心配と退屈は感じつつ、フリーデルへのあこがれを募らせていた、というわけだ。

そして一週間後、状況が一変した。

ブロックにはさまれた道は暑かった。ちょっとやそっとの暑さではない。第一三ブロックの建物に沿って日陰の帯ができていたが、幅はなかなか広がらない。じりじりと焼けつくような太陽の下、時間の流れは果てしなくゆっくりだ。わずかな陰を求めて、中欧・東欧から追われた人間の半分がひしめき合う。あとの半分はあきらめ、日に照らされた第一二ブロックの壁際で、てんでにしゃがんだり、寝転がったりする。土ぼこりと汗にまみれた裸の上半身をさらし、帽子を顔の上にのせて寝ている者もいた。

ハンスは日陰に満ちる汗臭い熱気より、太陽の熱に焼かれるほうを取った。オッペンハイムと並んでぶらぶらと歩く。話題はオッペンハイムの十八番《おはこ》、石油不足が戦争の終結に及ぼす影響だ。

そこに大声が響く。「木の靴を履いている抑留者、集合!」ハンスはためらった。きちんとした靴を履いている者はここにはあまりいない。ほかの連中は消毒場からそのまま検疫に来たので、まだみなサンダルで歩いていた。

迷ってしまったのは大失敗だった。ブロック長に目ざとく見つかり、怒鳴りつけられた。隠れようとしたな、見たぞ。ブロック長は悪態をつきながらハンスを引っぱっていく。そうやって集められたのはハンスを含め一五人。ポーランド人の無骨な若者が多い。彼らはそろってがっしりした体つきで、栄養状態もまだ問題なさそうだ。二列に並んで第一ブロックに移動。荷車が何台かあり、全員に腰帯が渡される。荷車のワイヤを腰につけて門まで引いていくと、監視役のブロック長が言った。「抑留者二七九〇三号はじめ総勢一五名、道路工事班へ」

道路工事班。ブロック指導者詰所の受付で、SS隊員が備え付けの帳面に労務班の出動を書きつける。そして一行は門を出て歩き出す。

ハンスは収容所に着いた日のことを思い出してちょっと笑った。あれから一週間。機械のように働かされている人たち、荷車を引いている人たちを見ていろいろ考えたけれど、いまは自分もその一人なのだ。言うなれば一五輪車の車輪のひとつ。少し力をゆるめると、後ろを歩いているポーランド人にたちまち蹴飛ばされる。

ポーランド人の「もっと早く」、ロシア人の「さあ急げ」に混じって、ブロック長も声を張り上げた。「ほら行け！ くずども！」彼はSS隊員が通りかかると倍の大声を出し、手近の者の背中なり頭なりを棒で殴りつける。自分がいかに職務に忠実なブロック長であるかをそうやって示すのだ。

それがナチのやり方だった。SS隊員は誰にでも怒鳴る。ブロック長もSSに怒鳴られる。ブロック長は自分より下の者を叱りつけ、手を出す。この場にいるポーランド人に対してもそうだ。そしてポーランド人は、いちばん立場の弱い者を罵る。それはハンスと、ライプという名前のポーランド系のユダヤ人だった。

ハンスとライプは何も言い返さなかった。ハンスの見るところ、ポーランド人は自分が怒鳴られた時の張りつめた気持ちを和らげようとして大声を出している。総統が将官に向かって怒鳴るとする。将官がこれを我慢しているのは、自分は将校に向かって怒鳴ることができるからだ。そして将校は自分の下士官に向かって怒鳴る……。ビリヤードの球がほかの球にぶつかれば止まるのと同じだ。将兵の怒りは静まる。その一方で下っ端の兵士たちは抑留者を殴りつけ、わめき散らしているのだが。

ブロック長がポーランド人を殴り、ポーランド人がハンスを殴る。こうして総統がした平手打ちがハンスに回ってくる。ハンスはそこから何をするわけでもない。実際、何もできない。

班が砂利山に着いた時もそうだった。二手に分かれて交代で砂利を積めと言われたが、ハンスはずっと働かされた。休憩の声がかかっても、シャベルを受け取ってくれる者がいなかったのだ。一五＝七＋八なのだから当たり前だ。八人が作業中、休憩しているのは七人。だから八人目と交代する者はおらず、しかもこの八人目はずっとハンスだった。ライプに不満をもらすと、ライプはポーランド語でほかの連中に何か言った。笑い声が上がったが、それだけだった。

荷車は砂利山と収容所とを何度も往復した。検疫棟に入っている者たちが、その砂利で収容所の道を舗装していく。

ハンスは汗びっしょりだった。シャベルのせいで手にはまめができ、靴の履き口が素足にこすれてひりひりと痛んだ。ポーランド人がいつまでたっても休憩させてくれないので、ハンスは砂利山の歩哨に立っていたSS隊員のところに向かった。だが、上等兵殿はハンスの話など聞かない。苦情を言う隙すら与えられず、平手打ちを食らった。こうして、やり場のない思いを抱えたまま、ブロック長に小突かれ、ポーランド人に野次を飛ばされながら、ハンスは作業に戻った。

砂利を積み込んだ荷車で六度目に収容所に入ってくると、ほかの労務班はみな解散し、点呼のためにブロックの前に整列していた。急げ、早くしろとあちこちから言われる中で、荷車を引っぱっていく。ただ、駆け足というわけにはいかない。いまにも殴りかかってきそうな拳を避けて進まねばならない。ＳＳ隊員たちからも、すれ違いざまにきまって二、三発をお見舞いされる始末だった。

ハンスたちは息を切らして検疫ブロックに戻った。荷車はそのままにして、二階に駆け上がる。廊下には抑留者がとうに並んでいた。待たせたことで罵られ、係の者には殴られた。もちろんずっと働いていたわけだが、遅くなったのはハンスたちが悪いと言わんばかりだ。

点呼はいつまでも終わらなかった。ＳＳ隊員は一度顔を見せただけで、解散の声を全員でじっと待っていた。ハンスはめまいを感じた。動悸がおさまらない。気管が狭まっているようで息苦しいし、足のひどい擦り傷は熱をもち、涙がにじんでくる。ほんのちょっと腰を落としかけたり、後ろにもたれるようなしぐさを見せると、すぐさま〈同輩〉の突きが入る。直立不動の姿勢を崩すな。

点呼のあとはパンが配られた。また延々と列に並ぶ。この時はパンとコーヒー、パンにはほんのちょっとジャムがついていた。ハンスはジャムをなめとり、コーヒーを飲んだが、パンはどう頑張ってみても飲み込めなかった。少し横になったら食べられるかもしれない。

ハンスはさっさと服を脱いでベッドに入った。そこで襲ってきた眠気は、まさに救いだった。荷車につながれた腰帯から解き放たれ、シャベルをもつ必要もなくなったいま、すべての痛みが和らぎ、望みがかなえられる。ハンスは無意識の奥底に深く沈んでいった。

「全員起床！」

いきなりの大声にぎょっとする。何ごとだ？　底なしの深みから浮上しながら、混乱した頭で考える。あれは母の声だったろうか？　火事か？　自分は病気で、熱に浮かされているのか？　ハンスはほとんど動けなかった。ようやく状況がつかめたのは、ベッドを共有しているロシア人の男に強く揺さぶられたからだ。

「足点検！」

何だって？　ハンスは夕方、心身共に疲れ切って眠りに落ちた。体は洗っていない。いまは夜中で、足は汚れたまま……。だが今夜はついていた。入ってきたSS隊員はしたたかに酔っていて、細かいところは見なかった。ハンスの様子にも気づかず通り過ぎたので、半時間後にはベッドに戻り、すぐに寝入った。

朝四時。疲れは取れていなかった。あらゆる筋肉、皮膚がまるごと、体全体が痛む。今日は勘弁してくれないだろうか？　その期待はむなしく裏切られる。整列して待っていると、部屋の当番が紙切れを持ってきた。本日の出勤者。そこにはまたハンスの番号があった。

今日の作業は一日。一時間ぶっ通しで砂利を積み、運び、下ろすを繰り返す。時々砂利を道に広げてならしたり、剝がした砂利をふるいにかけたりもする。一段落すればまた荷車に戻らされるのだが。

ハンスは音を上げなかった。背中が割れそうに痛く、シャベルを持つ手も焼けるように熱かったが、黙々と作業を続けた。結局それは正解だった。ハンスがくじけないことを見てとったポーランド人たちは、徐々に態度を和らげ、シャベルを引き取ってくれたりもするようになった。とはいえ、ほんの数分休憩できても、あまり足しにはならない。休むとかえって体がこわばり、また仕事にかかる時にはずっと骨が折れたからだ。

そんな状態でも一日は終わる。次の日も、またその次の日も。取り立てて大きな事件もなかった。一発殴られること、怒鳴りつけられること、悪態をつかれること。いちいち数えるまでもない。日を追って増す疲労感と痛み。だが、それが何だ？　ハンスの足の擦り傷は化膿した。衛生兵《SDG》にセプソ（ヨードチンキの代用品だ）を少し塗ってはもらったが、そんなことで治るはずがない。砂と太陽にやられて目も腫れている。いや、それがどうした？

ハンスはある朝、診察希望者の列に並んで衛生兵に笑い飛ばされた。「こんなちっぽけなかすり傷を手当てしてくれとはな！」

何より空腹だった。とにかくひもじい。一日にパンひと切れとスープ一リットルでしのげるものか。しかもこのスープときたら、お湯にビーツだか蕪《かぶ》だかのかけらが入っているだけだ。スープ一リットルにじゃがいもが一個半つくこともあった。とはいえどんな時でも肝心なのは、鍋の底のほうからすくってもらうことだ。部屋の当番とその仲間はその部分を飲んでいる。たまに一リットル余分にもらえる機会もあるが、止しておいたほうがいい。特にスープは飲み過ぎないほうが利口だ。ここに来てまだ二週間になっていないのに、もう足にむくみが出ている年寄りがいる。「年寄り」と言っても、実際には四〇から四五歳くらいの男たちだ。けがをした足がむくんだらと考えると恐ろしい。そうなったらもう傷は癒えないのだ。

五日目、事件発生。ハンスたちが砂利を満載した荷車を引いていると、左手の脇道を女性の集団が歩いていた。交差点の五〇メートルほど手前で、荷車に止まれと声がかかる。女性たちと交差しないようにするためだ。

ハンスは目を凝らし、息をのんだ。そして思わず叫んだ。「フリーデル！」腰帯をかなぐり捨てて駆け出す。だが二、三歩も行かないうちに体をつかまれた。ライプだ。

「ばか野郎！　立てなくなるくらい殴られてもいいのか！」

ハンスがかまわないと言うと、ライプは畳みかけた。「奥さんも殴られるぞ」

そこで我に返る。ブロック長の顔をちらっとうかがうが、気づかれた様子はない。女性たちの姿を見ようと、ずいぶん前に行っていたからだ。

フリーデルはハンスの姿に気がついていて、遠くから手を振ってくれた。用心して小さな合図ではあったけれど。彼女の声が聞こえた気がした。「こっちはまだ大丈夫、私のこと忘れないでね」「くたくたなんだ。疲れて考えられない」「しっかり考えてちょうだい。でないとこの先やっていけない」それはそうだ。ハンスはこっそり手を振り返した。わかった、そのとおりだよ。君を想って耐えてみせる。そう伝えたかった。

そのあと、もっと厳しい日が続いた。涼しくなったのはありがたかった。肌のひりつきが減って、筋肉のこわばりが少しましになる。そして暑さで息が上がることがなくなった。だがそんな天気は長続きせず、雨が降り出した。麻の上着とシャツ一枚でしのげるはずがなく、当然ずぶ濡れになった。

それ以上にひどかったのは、二日間の雨で道が流れてしまったことだ。砂利山までは水たまりとぬかるみを越えていくしかない。歩き出すと、水が足首まで上がってくる。靴は泥にはまり、荷車は車輪の軸まで沈んで動けない。最悪だ。

それでも、前に進まねばならない。砂利を積んだ荷車が立ち往生していると、ブロック長の棍棒が飛んでくる。ブロック長が怒鳴り散らしてらちがあかなければ、SS隊員の出番だ。長靴でぬかるみに踏み入り、誰彼なしに蹴りつけると、その場の全員が泥しぶきを浴びる。

そこで、ハンスたちは車輪の輻《や》をつかんで持ち上げ、荷車の向きを変えようとしてみる。兵士は声を張り上げ、手を振り回す。ブロック長は、さすが上等兵殿と言わんばかりの笑顔。そうこうして荷車はまた動き出すのだった。ハンスたちは確かにびしょ濡れで疲れていたが、二週間ほど働かされた程度で精根尽きたわけではなく、やる時にやれるだけの力は残っていた。ひっかき傷やこぶはともかく、深刻なけが人はまだいなかった。

とはいえ、いつも大丈夫とは限らないことも、ハンスたちは知っていた。点呼の時にブロック指導者がジプシー（シンティ・ロマ）の若者をひどく殴りつけたのはいつだったろう。まっすぐ立っていなかったという理由で、頬が裂けるまで。点呼のあと、あの子は病院に連れて行かれたのだった。

殴られた、けがをしたという話は珍しくなくなった。ほとんど毎日聞くからこそ、日々の作業に気を配るようになる。凶暴なSS隊員の前では、誰もが同じだけ危険だ。そこから仲間意識のようなものが生まれた。ポーランド人たちはハンスに声をかけて励まし、ハンスはポーランド人に手を貸す。殴られた痛みは薄れ、鬱憤《うっぷん》に突き動かされる。荷車をここから出さなければ。「よいしょ!」「引っぱれ!」

馬二頭でも無理だと思われる大仕事を、一五人の男の腕力がやってのけた。いまはまだみな元気だし、余力もある。だが一週間、一ヵ月先にはどうなっていることか。ハンスは夜ベッドに入ると不安になった。気分が悪い。濡れたシャツは脱いだが、熱があって寒気がする。二階の部屋は人いきれでむっとしており、寒いはずがないのに、三人一枚の毛布の下で震えは止まらなかった。いったいどうしたのだろう?

収容所に来て数週間のポーランド人には、家族から小包が届いた。ロシア人には収容所の友人が食べものを持ってきた。ロシア人は〈融通〉がとびきりうまかった。厨房にたとえば一〇人SS隊員が詰めていたとしても、ロシア人はひるまない。必ずじゃがいもを、それも袋ごと盗み出してくる。そしてどこかで火をおこして料理をしていた。一方、同胞意識の強さでもロシア人は群を抜いていた。そういうわけで、ロシア人の誰かが何かを手に入れると、必ず検疫棟にいる同胞に分け前が届くのだった。

だが、ハンスのことは誰が気にかけてくれただろう。人数は少ないが、検疫棟にいるほかのオランダ人はどうか。収容所の中でオランダ人の評判があまりよくないことはハンスも気づいていた。ユダヤ人にしろ非ユダヤ人にしろ、オランダ出身者は総じて軟弱で横着だと思われていた。

あながち間違いとも言えない。オランダ人は冷静で素っ気ない態度をとりがちだ。肩に力を入れて何かをすることや、気まぐれなやり方で仕事を急かされることには慣れていない。オランダ人としては、こんなに単調な骨折り仕事をせっせとこなす意味が理解できないのだ。無駄なことに努力するのはばかばかしい。そしてもしそれで軍需産業の一端を担っていることになるのなら、オランダ人が仕事を怠けるのは当然——そんな理屈だ。

だから、何かを融通できそうな持ち場にオランダ人はまずいなかった。厨房や倉庫にはゼロ。また、わずかなものを同胞に譲るという奇特な人もごく少なかった。そんなことをしていたのはレーン・サンダースくらいだ。

ハンスはフリーデルから何度かパンを受け取った。毎回うれしく、ありがたく思った。だが、ひと切れ、二切れのパンでこの空腹は満たされないし、仕事の足しにはならない。自分はあとどのくらい耐えられるのだろう？

三週間後に意外な展開があった。まだ朝かなり早い時間で、ハンスは昨日残しておいたパンをまた少しずつかじっていた。するとブロック書記が部屋に入ってきて番号を読み上げる。ハンスの番号もあった。

ハンスを含めて四人が廊下に出た。労務班がその日の作業に出ていくのを待って病棟に向かう。第二一ブロックはもう大勢の人で混雑していた。

ハンスはかなり年上の男性と話を始めた。小柄で太っているように見えるが、じつは全身がむくんでいる。つまり〈水太り〉だ。額には大きなできものがある。ドクター・コーンと名乗ったその男性はもともと開業医で、この一ヵ月は道路工事班にいたという。医官のところに行けと言われるのはこれで三度目だが、今回も無理だろう。

ハンスは楽観的に構えていて、それは吉と出た。大学や専門について簡単に聞かれ、それで大丈夫そうな気がした。やはり病棟に戻れるのだ。もう一度やり直せる。荷車とも、道路工事班ともおさらばだ。体を壊すほど無理をし、一日中雨に打たれながら働くこともない。手は荒れてしまって字が書けないし、足は傷だらけ。背中も曲げたり伸ばしたりができない状態だ。それでも、第二八ブロックの受付にまた来られたのだ。ハンスは元気を取り戻し、闘志が湧いてくるのを感じた。

強制収容所でも退屈することがある。とても想像できないだろうが、ハンスは事実、退屈していた。第二八ブロックでは仕事がなかったのだ。必要な各部署に配置する、しばらく待て。

できるなら少し体を休めたかった。朝寝をして、昼は秋の日を浴びて散歩など。もちろんそんなことは許されない。強制収容所の原則は、あくまで労働・運動だ。仮に仕事がなくても、常に動いていなくてはならない。

朝は鐘の音で起床し、洗顔と着替えをすませる。四五分後に鳴る鐘は作業開始の合図だ。部屋係が床の掃除に取りかかるが、手伝ってはならない。そうすると部屋係の仕事がなくなって、野外の労務班に回されるかもしれないからだ。

なのでまた窓拭きをする。新聞紙か反古紙《ほごがみ》を手に持って、朝の六時から窓ガラスを拭きはじめる。スープが来る一二時には窓が二つ磨き上がっているようにする。もし早く片付いてしまえば、自分で汚れをつけて、また初めからやり直す。

ブロック長かSS隊員が通りかかり、真面目に仕事をしていないことを見とがめられるとどうなるか。叱りつけられたり、殴られたりするだけならまだどうということはないが、いいかげんな仕事しかできない看護夫は無用だ、明日の朝は「鐘と同時」に整列しろと言われるかもしれない。朝二度目の鐘で屋外作業をする者がブロックの外に整列する時に、鐘の下に立っていろという意味だ。それでどこかの労務班に入れられてしまうのだ。

だから、みな熱心に窓ガラスを磨く。

そんな状況でも、ハンスはかなり満足だった。仕事は退屈で一日中立ちっぱなしというのもこたえたが、体力は消耗しない。病棟のスープは検疫棟で出ていたものよりも多少はましで、半リットルくらい余分にもらえることもよくあった。ポーランド人の看護夫はたいてい大きな小包を受け取っていて、収容所のスープには口をつけなかったからだ。

収容所の点呼は果てしなく続き、雨の中で二時間以上立たされることもあったが、病棟では内部で人数確認があり、これはいつも二、三分で終わった。しかも「病棟点呼」さえすめば、あとは寝るなり別のことをするなり自分で決めてよかった。足点検などの嫌がらせもない。看護夫は清潔を心がけるものとみなされていた。

ともかく生きてはいけた。それに、ハンスにとって何より大きかったのは、またフリーデルと話ができるようになったことだ。日が暮れるのが早くなっていた。薄暗くなると、見張りになってくれる人と連れだって外に出る。

そうやって、夕方の二、三分は窓際のフリーデルと言葉を交わすことが多かった。

「フリーデル、もう食べものをとっておいてくれなくていいよ。毎日スープをおかわりできるから」

「あんなスープじゃお腹の足しにならないでしょう」

「今日はパンを稼いだよ。ポーランド人のデブの下着を洗ってやった」

フリーデルは、ほんの少し伸びはじめた髪の毛を落ち着きなくさわった。二人とも黙る。部屋の奥から叫び声が聞こえた。少し待ってフリーデルが口を開く。「ブロック書記がずっと見ているの。でも話しているのが私だとはわかってないみたい」

「そっちはどう？」

「どうって聞かれても。働いていないのに、追加の食べものが出てくるのよ。外で働いている人たちと同じだけ。だから食事はまあ大丈夫。でも……」

「でも、どうした？」

「そうね、かなりひどいことをやっているのは確かよ。またギリシャ人の子たちが選ばれたわ。どんな実験かくわしくはわからないけど、体の中を焼かれているの。一五人処置されて、どの子もすごく痛がっていた。一人は亡くなったわ」

「君もそんな目に遭うのかな？」

「その実験は終わったそうよ。先週まではシューマン教授とかいう太ったドイツ人がしょっちゅう来ていたけど、今週は見かけないし。また別の実験を始めたんだわ。何か下から注射するとか」

「君が選ばれることは？」

「ないと思うわ。私はいまのところ、オランダ人が集められている病室の看護婦だし。職員はなかなか来られないもの」

その日はそこまでだった。おなじみの口笛が構内に響いたからだ。

連絡指導者の親衛隊曹長クラウセンは、毎晩収容所に顔を出していたが、これまた危険な男だった。いつも乗馬の鞭《むち》を持っていて、すれ違いざまに鞭で一発。それだけですめば運がよいほうだ。クラウセンが来ると、誰かが必ず鋭い口笛を吹く。警報だ。それを聞いた者は、今日もまた口笛の犯人を押さえられず、周囲に当たり散らす連絡指導者を遠巻きに見物することになる。

憤りの矛先はどこにでも向かう。髪が伸びている、敬礼が甘い、歯を見せた。あるいは、単に気に入らない。抑留者が一人ならず散々に打ちのめされるのも毎夜のことだった。それでも、これはずいぶんましな状況だったのだ。アウシュヴィッツⅡと呼ばれるビルケナウやブーナに比べれば。

ハンスたちがいるアウシュヴィッツⅠは〈模範収容所〉だ。ブロックの建物は煉瓦造りで、抑留者は全員ベッドで寝られる。大きな倉庫があり、みなそれなりに盗品の恩恵にあずかっているし、立派な病院もある。だが、アウシュヴィッツⅠを基準にアウシュヴィッツ複合体の全体像は語れない、そんなことは無理だ。ハンスがその晩話をした若者は言った。彼はハンスと同じ移送で先月アウシュヴィッツに着き、そのままブーナに行った二八人のうちの一人だった。二時間歩かされた先にあったのは、巨大な工場の敷地。全体はまだ完成しておらず、どこもかしこも工事中だ。

ほとんどの抑留者はケーブル敷設の作業に回された。コンクリート班に入れられた者もいる。重さ七五キロのセメント袋を担いで運ぶ、きつい仕事だ。一日中、しかも駆け足で。どんな気分で夜を迎えるか想像してみてほしい。セメント袋が積まれた貨車からミキサーまでは一〇〇メートル以上ある。途中一〇メートルおきにカポかSS隊員が立っていて、少しでも速度が落ちると殴られる。初日で一人死んだよ。

プラウトだってそうだ。ウェステルボルクにいた時は優秀な看護夫だった。覚えているか？　あの人も古い手口に引っかけられてしまった。作業場の四隅は歩哨が固めていて、そこから出てはいけない。だけど、ミキサーのところにいたSS隊員が、歩哨の向こうにある箱を取ってこいと命令した。躊躇《ちゅうちょ》しているとシャベルを頭に食らった。それでしかたなく箱を取りに行ったんだが、歩哨の脇を抜けた途端、撃ち殺された。

奥さんには知られないようにしてくれよ。プラウトの奥さんは第一〇ブロックにいるからな。その次の日はヤーコプソン、四五歳。収容所ではかなりの年寄りだよな。午後のむっとする暑さの中、七五キロの袋を担いで走らされている時に突然倒れた。手を貸そうとした奴は棍棒で殴られた。半時間たって様子を見に行ったら死んでたよ。

遺体を片付けたかったが、だめだと言われた。その朝の出動が確認されているのに、夜の点呼で人数が合わないのはおかしいからだと。だから、夜の点呼に遺体を連れて行った。一人分として数えさせるためさ。向こうで五週間になるけど、もう二〇人死んだ。これからはもっと増えると思う。みんな疲れ切っているし、けがもしているから。

昨日はヨープ・ファン・デイクだった。立派な体格で、袋を運んでいる途中にちょっと止まって息を継いでいたんだな。歩哨が見とがめて銃床で殴った。それで地面に倒れたら、今度は頭を蹴りつけた。そのまま気絶さ。打ち所が悪かったってやつだろうな。夕方連れて戻ろうとしたら、まだ意識が戻ってなかった。

耳から血が出ていたけど、誰も何もできなかった。まず点呼があったし。点呼の途中で少し気がついて、水をくれとうめいていた。二時間くらいはそんな様子だった。「点呼終了」で病院に連れて行った。でも今朝死んだらしい。

「君はどうやってここに来たんだ？」ハンスは尋ねた。

「ゆうべ病院に行ったんだ。のどが痛くて熱があったから。ジフテリアだって言われた。感染症の患者は向こうにいられない。それでこっちの病院に回された。助かったね。ブーナの病院はひどいもんだよ。ベッドはここととおんなじ三段だけど、重病人を上の段に寝かせるんだ。上のほうが空気がよく通るからってね。ゆうべぼくの上のベッドに寝ていたのは赤痢患者だった。ひどい下痢で、一晩中おまるをくれって言い続けていたよ。そんなのもらえるわけがない。だからずっとベッドにしてたんだ。明け方にそれが下に漏れはじめて……。かからないように、ベッドの端の端で固まっていた。看護夫が来たけど、夜のあいだに何があったかを知ると、そいつは赤痢患者のことを殴った。顔の真ん中に五発。看護夫は太った奴だ。スープを配って、自分は鍋の底のところを飲んでいるし、パンもせしめている。病院だから毎日二、三人は死んでいくけど、パンの配給はすぐには止まらない。患者が別の病棟に移されたり、違う病院に回されたりしても、パンはあの病棟に入ったらそのままだ。ぼくが今晩もらえるはずだったパンは、今頃あの看護夫が食べているんだろう。まあ、のどが痛くてパンは飲み込めないけどね」

「ジフテリアになってよかったということになるね」

「それはどうかな。アウシュヴィッツの病院に入ったら、そこからガス室送りになると思うよ」

ハンスはその言葉を真に受けなかった。医官が時々病棟に来るのは確かだが、体力のある若者は大丈夫だろう。

「女房に伝言を頼めるかな」

「子どもはいたのか?」

「いや」

「それなら第一〇ブロックのはずだ。あの時の移送で来た人は全員一緒だ。昼間は危ないけど、明日の夜やってみるよ。名前を聞いていいかな?」

「忘れたか? ブックビンダーだよ。シオニストの幹部だった」

ハンスは相手のことを思い出し、そのあとはシオニズムについて少し話した。どれほどひどい状況に置かれていても、精神の退廃にはやはり抵抗したいのだ。ハンスはシオニストではないので、こんなことを言った。ユダヤ人について特別な課題があるのではない。一般的な社会問題、社会格差があって、ユダヤ人がその捌《は》け口となっている。社会の問題が決着すれば、〈ユダヤ人問題〉自体が存在しなくなるはずだ。

「それでも、自分たちの宗教と伝統にこだわるユダヤ人が社会の異分子であることはこれからも変わらないだろう」

「異分子でもかまわないじゃないか。ソ連には大小何十という民族が自分たちの文化を守って平和に暮らしているのに」

居心地の悪い会話になってしまい、鐘が鳴ってハンスはほっとした。九時。就寝時間だ。

ジフテリア患者は何人かいたが、ハンスのような看護夫候補者に混じって入院受付室で寝起きしていた。それでも誰も気にしなかった。みないずれ死ぬのだ。連合軍が不意に現れるなら別だが。その日まで生きていられるだろうか。あまりにも時間がかかりすぎていた。待ちくたびれて、ハンスの頭の中には例の粘土のボールがまた戻ってきた。時にはゴーレム（伝説に登場する粘土でできた人造人間）の姿で、生と死について長々と説教を垂れたりもする。だが、いまのハンスはゴーレムを黙らせる呪文を知っている。「フリーデル」――彼女がいる限り、ゴーレムは口をきけない。ハンスがフリーデルの顔を思い浮かべると、ボールはしぼむ。

気持ちが落ち着くと、疑心暗鬼に代わって静かなあこがれが募るようになる。ハンスはそこで眠りにつくのだった。

ハンスが第二八ブロックに来て二週間が過ぎたある日の午後、声がかかった。「看護夫候補者、全員集合」

今度はいったい何だ？　ブロック長が入院受付室に入ってきた。とても身なりのよい抑留者と一緒だ。黒地の上着に黒いベレー帽、縞のズボンは毛織り。いかにも「役付き」といったふうだ。

二人はしばらく話し込んでいた。五人引き取ると言ったその男性に、ブロック長がすかさず返す。

「いや、六人で。そうでもしないといつまでも捌けない」

こうして、その場の候補者から六人が選ばれた。そのうち四人はオランダ人。ハンスに研修医のファン・リア、若い心理学専門医ヘラルド・ファン・ウェイク、医学部卒業候補生のトニー・ハークステーン。荷物をまとめてついてこいと言われる。その人は第九ブロックの新しいブロック長だった。愛想よく自分のことを話す。収容所に入って九年だという。共産主義者で、ヒトラーが政権について一年で逮捕された。年は五〇歳。

「まあ、なんとかやっていけるもんだ。収容所の生活っていうやつに慣れればね。実際のところ、九割の人間は一年目でくたばる。だけど一年我慢できれば、あとはどうにかなる。食事には慣れるし、服も少しましになる。それに、古参抑留者になるとSSもちょっとは遠慮してくれるようになる。覚えておくといい」

「出たいとは思わないんですか？」ハンスは聞いてみた。

「いい、いい、したいとできるは別物だ。ここから出て何があるというわけでもないし。おれはもとは大工なんだ。この年でまたどこかに弟子入りしろっていうのか？　収容所にいれば思うようにやれる」

「思うようにやっているのはSSじゃないんですか」

「あんなのはみんな、はな垂れ小僧だ。おれがオラニエンブルクの収容所にいた時分、まだおむつをしていたような年だろう。昔の収容所はこんなじゃなかった。いまはサナトリウムだよ。君らはオランダ人だよな？　オランダ人に付き合ったこともあるよ。あれはたしか一九四一年、ブーヘンヴァルトだ。検疫ブロックのブロック長だった。オランダのユダヤ人四〇〇人。三カ月くらいおれのところにいて、少しなじんできた様子だった。あんまり重労働をしなくてもいいように手を回してたんだ。ポーランド人やなんかよりはまともな連中だったし。そしたらいきなり全員マウトハウゼンに移された。あとから聞いたけど、採石場の仕事をやらされたんだな。石を背負って階段を駆け足で上がる。一日ぶっ通しだ。いちばんもった奴で五週間だったらしい」

そうだった。ハンスはアムステルダムでのできごとを思い出した。あの年の二月、ナチズム政党の武装組織WAの隊員が一人、ユダヤ人街の一画で殴り殺された。そこで秩序警察がユダヤ人の若者四〇〇人の身柄を拘束したのだ。数カ月後、誰それが収容所で死んだという話を聞くようになった。全員が亡くなったと知らされたのはそれから間もなくのことだ。

第九ブロックに着くと、しばらく廊下で待ち、そのあと第一号室に通された。机の向こうに男性が座っていた。ずんぐりした人で、胸の三角印は赤、中に「P」の字が入っている。ポーランド人の政治囚だ。頭は丸く大きいし、口元は強情そうに閉じられている。だが、その目からは温厚な人柄がうかがえた。心ここにあらずという印象も受ける。その人は落ち着きなく鉛筆をもてあそんでいた。いろんなことを経験してきたに違いない。収容所暮らしも長いのかもしれない。

一人ずつ順番に前に出るように言われる。看護夫の担当を決めるのは、先ほどのブロック長ではなく、このブロックで最古参の医師である彼の仕事だ。

トニー・ハークステーンが最初に呼ばれた。医者か？　ごまかすような返事。ブロック担当医は続けて聞く。年は？　二二歳です。まわりは苦笑。ばかな奴、とつぶやく声もあった。二番目はヘラルド・ファン・ウェイク。医学部を卒業して心理学専門医をしていた、とはきはき答えた。ところが、「心理学専門医」はブロック担当医にはあまりぴんと来ない。精神科医なのか？　ヘラルドは違うとは言えなかった。

「それなら第三号室に行け。担当医はポラック、オランダ人だ。ブーナにいたが、向こうでは仕事がなかった。神経衰弱の患者が入っている部屋だ」

ハンスは足をすくわれた気がした。ヘラルドは理論には強いかもしれないが、精神科で二年実習の経験があるハンスのほうが、精神科医の仕事にはずっと適役ではないだろうか。だがここで張り合ってもしかたがない。ヘラルドには「精神科医」以外の選択肢がなかったかもしれないのだ。そう考えて、ハンスは自分は内科医だと言った。

「わかった。この部屋に残れ。入院担当医はドクター・オホツキー。その助手だ」ファン・リアは呼ばれなかった。足のけがのことは第二八ブロックのブロック長からすでに聞いている。まず入院して傷を治せ。そう言い渡された。

ハンスはうれしかった。〈入院担当医助手〉。これは期待できそうじゃないか。

収容所のからくりは、ハンスには謎のままだった。誰がどんな医療行為をしているのか。外来局では一八歳とか二〇歳の若者が幅をきかせていて、たばこやマーガリンと交換で薬をほかの抑留者に都合している。必要な者に譲るのではなく、支払える立場にある者に売りつけているのだが。

では、第九ブロックの実権を握っているのは誰か。それはブロック長でもブロック担当医でもない。需品係とその仲間、つまり、やくざなポーランド人にロシア人が加わった一味だ。

医療？　ドクター・オホツキーは心底善良な人だったが、そんな親切な医者でもすることがなかった。入院患者は一日に一〇人ほど。ドクターはどの病室に入るかを指示する。五分もあれば終わる仕事だ。それ以外の時間、ドクターはずっとベッドですごす。玄関番が急を告げるとSS隊員の来訪が近いことがわかるので、あわてて誰かの診察を始めるのだった。こんな状態だから医療の出る幕はないが、すべき仕事はたくさんあった。それに、第九ブロックにはこの上ない特典がついてきた。そう、九の次は何があっても一〇が続くのだ。

朝四時半。「起床！　鐘！」夜警が職員控室の電灯をつけながらがなり立てる。ほとんど全員がぱっと飛び起きる。昨日は鐘から五分たってまだ寝ていた数人が、ブロック長パウルにこっぴどく懲らしめられた。だから今朝は誰ももう少し寝ようとは考えない。ヘラルドを除けば。

「おい、起きろよ！　もう一週、鍋運びをしたいのか？」

「なんだよハンス、寝かせてくれよ。全然眠れなかったんだ。わら布団はぺったんこだし、咳も止まらなかった」

「咳はたしかにひどかったよ。でも布団はお前が悪い。昨日、第二一ブロックに五梱《こり》あったのに」

ヘラルドは覇気があるほうではなかった。自分を守るということを知らない性格、と言おうか。驚くにはあたらない。父親は公務員、品行方正な中流家庭の育ち。日々の暮らしはつましかったが、生きるために必死になることもなかった。そんな若者が収容所に放り込まれ、ほかの抑留者とどうやって渡り合えるだろう。一口に抑留者と言っても、じつにいろんな人間がいた。闇商売人にかっぱらい、それ以外の犯罪者。そこに混じるポーランド人の政治囚はそろって古株で、人情の機微に疎くなっている。

ハンスとヘラルドの二人は急いで身支度をし、廊下に立った。

「どこにいた、くずども。オランダ人はどうしようもないな」

需品係のクチェンバが当然のように二人を小突く。朝の挨拶代わりだ。それを合図に駆け足で厨房にお茶を取りに行く。なるべく大きな鍋を探すのがこつだ。小さい鍋をもって戻ると、ありえないほど罵られ、もう一度行かされる。大きい鍋なら、半分残っても捨てるだけだ。汚水を沸かしたような代物はいつでもたっぷりもらえたから、患者に行き渡らないことはなかった。その日は四組で厨房に向かうと、ほかのブロックの当番がすでに二〇人ほど待っていた。

怒号が飛び交っていた。ロシア人がじゃがいもをくすねたところを伍長が見たらしい。ロシア人は血が出るまで殴られたが、伍長はそれでおさまらず、調理人と玄関番も手ひどくやられたそうだ。険悪な雰囲気が漂う。だからその朝の当番は、お茶ができるまで、厨房の中ではなく外で待つように言われたのだった。

外は寒く、中庭にみぞれが舞っていた。ほんのしばらく立っていただけで足が湿ってくる。このままではびしょ濡れになってしまう。シャツに麻の上着では到底しのげない。軒先の樋《とい》がまだ少しは雪を防いでくれるので、みな漆喰の壁に体を押しつけるようにして立つ。だが、そこにまた伍長が現れた。

「うじ虫ども、なんだその姿勢は？　気をつけ！」ヘラルドは、整列が遅いと足首に蹴りを入れられた。力いっぱい蹴られたわけではないにしろ、鍋を運ぶ仕事はどうなる？　いや、もとはと言えば誰のせいだ？　こうして、ドクター・ファン・ダムと心理学医ファン・ウェイクは、どんより曇って湿っぽい一月のある日の朝を凍えそうになりながら過ごしたのだった。ヘラルドがハンスに聞く。

「どうしてこんなに長く待たされるのかな？」

「どうしてあんなに早く来させられるかを考えたほうがよくないか？　君だってもうわかるだろう、〈行け行け、ほら急げ！〉ってやつだよ。人を急かすのが基本なんだな。そうすればエネルギーを消耗するからね」

半時間たって、ようやく厨房に入れた。鍋から湯気が上がっている。暖かく湿った空気が服を通して伝わり、かじかんでいた体に少し感覚が戻った。鍋のそばには汚れた上っ張りを着た調理人が何人か立っている。ポーランド人の大男。そろって筋骨隆々、憎まれ口も相当だから、あまり近寄りたくない。なにせ向こうはもう何時間も働かされているのだ。どやされ、急かされながら。

今度はカポが文句を言い始めた。「おい、そこの間抜け、床にそんなにこぼすな！　その顔に一発お見舞いしてやろうか」

ポーランド人の調理人は肩をすくめる。このカポはドイツ人で、三角印は緑色。つまり犯罪者だ。ひょっとすると五人を殺した犯人かもしれない。だがＳＳから監督役を任されている以上、監督されるほうはいくら侮辱されても黙っているしかない。

ハンスとヘラルドは鍋を決め、運び出すために鉄の支えを下から通す。その時、塩の入れ物にハンスの目がとまった。フリーデルは塩を都合できないかと言っていたな。そう思って一つかみポケットに入れた瞬間、顔に冷たい水がかかった。鍋を洗っていた調理人に見つかったのだ。

とうとう服までびしょ濡れになってしまったが、そんなことでへこたれるハンスではない。調理人の顔を見て、きまり悪そうに笑う。こんなふうに水をかけられて、どう出ろというのだ。殴り返す？　狂気の沙汰だ。調理人のほうがずっと強い。栄養も行き届いているし、何より、正しい。〈融通〉の現場を押さえたら、そこで犯人を罰してもかまわないのだから。

ハンスとヘラルドは鍋を持ち上げ、よたよたと厨房を出た。二五メートル進んだところで、ヘラルドはちょっと待ってくれと言う。あまり体力がないのだ。ほっそりしていて、肉体労働はこれが初めて。しかも鍋の重さは一〇〇キロを下らない。二人はふらつきながらブロックに戻ってきた。六時頃にはなっていただろう。ブロックの中で時計をしているのはブロック長だけだが、時間の感覚は鍛えられるものだ。あと一時間すれば第一〇ブロックの一日が始まる。ハンスの仕事は山ほどあった。

ハンスが顔を出すと、部屋長のヤヌスはもう床掃除にかかっていた。病室は大きくない。入院患者は五八人で、ポーランド人とロシア人、つまり〈アーリア人〉ばかりだ。ベッドは三段。上の段がいちばん暖かく、下の段はノミに悩まされた。ノミは高くまで跳べるが、どうしても重力には逆らえないからだ。そんなわけで、上の段は特別抑留者《プロミネント》が陣取っている。ポーランドの名士と言われる人たち。称号や勲章の持ち主も多く、政治囚としてほかの抑留者から高く買われている。一方、下の段には下々の者が横になった。農民や職人。無許可で豚をつぶしたり、ドイツ人の兵士に向かって悪態をついたりしたために、あるいはよくあるように、特に何かした覚えはないのに収容所送りになった人たちだ。

そんな病人に囲まれてやっていくのには骨が折れた。特別抑留者は注文が多く、収容所の規律を守ろうとしないこともしょっちゅうだった。たとえば、顔を洗うために四時半に起きるのは嫌だ、食べものは自分のベッドに置いておきたい。そして、玉ねぎの皮などのごみを床に投げ落としたとハンスが注意すると、ひどく怒るのだ。

一方、中段・下段の庶民は、ユダヤ人に対する嫌悪を一切隠そうとしなかった。彼らの言葉が理解できないことは好都合だったが、それでも自分の悪口を言われていれば感じでわかる。ハンスはなるべく気にしないようにした。何だっていいじゃないか。


窓から外を見ると、ちょうど第一九ブロックから第一〇ブロック用のお茶が運ばれてきたところだった。ヤヌスはなかなかいい奴で、ハンスを外に行かせてくれる。ありがたい。ブロック長は来ないか？　大丈夫だ。第一九ブロックのギリシャ人の男がハンスに鍋を渡す。ギリシャ人は仕事が片付いてうれしい。ハンスは仕事をもらえてうれしい。ハンスはよろよろと第一〇ブロックの入口の段を上がった。緊張で呼吸が浅くなっている。

廊下に女性の姿はなかった。いや、一人、女の子がいた。その子はブロックに入ってきた男たちをちらっと見たが、玄関番の女性が出てくると走っていなくなった。男たちは鍋を持ったまま、二階に通じる階段に近づく。階段にはお茶を待つ女性たちが群がっていて、太ったスロヴァキア人の部屋長が通せんぼをしている。

「来るんじゃない！　戻れ戻れ！　このばかども！」部屋長は手を振り回し、女性たちを階段の上に押し戻す。ハンスは弱気になった。こんな状況でフリーデルを見つけられるのか？　その時、ベティと目が合った。ベティはハンスを認めると階段を駆け上がっていった。それからが長かった。玄関番はもう叫んでいる。「男ども、出ていけ、さっさと動け！」この分では会えない、やはり無理だったか、と思ったハンスの目に、フリーデルの姿が見えた。

フリーデルは人混みをかき分けて階段を降り、部屋長の前まで来た。ハンスがすかさず声をかける。「女房なんです。通してあげてください。一分だけ」部屋長は手すりに置いていた手をどかせ、フリーデルは最後の数段を跳んで下りた。

ハンスはフリーデルの手を握った。唇に触れたかったが、怖くてできない。二人とも一瞬言葉に詰まる。

「ハンス、変わりない？」

「フリーデル、ないよ、大丈夫」

「ちゃんと食べてる？」

「ああ、パンが欲しければあげるよ。ポーランド人の小包からもらった分がある」

「いらないわ、自分で食べて。すごく働いているんだし。私は何もしてない、待つのが仕事だもの。とにかく、私はまだ運があるみたい。ほかの人は……」

「どうした？」フリーデルは緊張した様子でまわりをうかがった。「ルールーとアンスは昨日注射されたの」

ハンスは唇を嚙んだ。フリーデルが不安になるのも無理はない。何の注射かはわからないが、相当あやしいもののようだ。アンスの腹痛はかなりひどく、一晩中出血が止まらなかった。生理痛のような痛みだったが、出血は十倍多い。すっかり参ってしまってまだ休んでいるけれど、来週また呼ばれることは決まっている。

口には出さなかったが、二人の目には恐怖が浮かんでいた。フリーデルもいつか呼び出しを受ける。

玄関番が近づいてきた。ふつうに話すことを収容所暮らしで忘れてしまったのか、一方的にがなり立てる。その意味では玄関番にふさわしい女性だ。「出ていけ！　このとんま！」ほかの男たちはもういなかった。急げ、早く、看守に見つかったら私の首が飛ぶ！

玄関番のあまりに大きな叫び声で看守が来るのはまずい。引き上げなければ。

フリーデルは感極まってハンスに抱きつき、何度も口づけた。ハンスもこたえる。玄関番は怒り狂い、ブロック長に言うと威嚇する。ハンスはフリーデルの体を振りほどき、興奮を無理やり抑えこんだ。

「フリーデル、しっかりしろ」

「私は平気。だけど、ほかの子たちがかわいそうで」

「わかるよ。でも、それだっていつまでも続くわけじゃない」

「いつまで？」

「わからない。でもきっと大丈夫」

ほかに何が言えただろう。まったく見当もつかない。フリーデルは純真無垢な心の持ち主だ。だが、混ざり物がないだけにやわらかく、傷つきやすい。もしふだんから鍛えられていたなら、いろんな苦労はあるにしても、ここまで深く悩むことはなかっただろう。

ハンスは歩き去った。じつは逃げたのだ。フリーデルをなぐさめるにはあまりに非力だった。あんな話を聞かされて返す言葉はない。第一〇ブロックの状況や実験の目的はうすうす感づいていた。大規模な不妊化・断種。それはドイツが掲げる目標のひとつではなかったか。ユダヤ人、ポーランド人、ロシア人、さらにはほかの民族までも不妊化するつもりか。いま行なわれている婦人科の実験にそれ以外の意味があるのだろうか？　ユダヤ人女性は金のかからない実験動物にすぎない。彼女らが苦しんでも、連中はむしろ喜ぶはず。死んだとしても知ったことではないのだ。こんなことを考えながら、ハンスは第九ブロックに戻った。

第九ブロックでは手ひどい歓迎を受けた。ブロック長パウルが廊下で待ち構えていて、ハンスの姿が見えるなり猛然と食ってかかった。ありったけの文句をぶちまける。

「畜生、何てことだ、このくそ間抜け、仕事中に抜け出すとはな！　隣の女たちのところにいたんだろう。ちゃんとした収容所にあんなものがあるのは解せない。おれがブーヘンヴァルトにいた時は、五年間も女っ気なしだったぞ。売春宿ができるまでだったがな」一緒に立っていたブロックの医師長ジェリーナが突っ込む。「でも、それからは毎日通ってたんだよな」

「ずいぶんな言われようだな。一回も行ってないぞ。おれは共産主義者だ。正真正銘の赤い豚だよ。だけど女は買わない。ブーヘンヴァルトの時は、まともな連中は誰もあんなところに行かなかった。赤の三角印をつけた政治囚が売春宿に通っていたなんて考えないでくれ。だけど、アウシュヴィッツは何だ、不甲斐ない男ばっかりなのか？　夜通し並んでいるじゃないか」

「食事がよすぎるんだろうか」

ジェリーナの冗談には取り合わず、パウルはハンスに向かって言った。

「げっそりするような嘆かわしい話を続けるとだな、指導者と鉢合わせしたらどうするつもりだ？　床屋のフローレックがどうなったか知らないのか？」

「知りません」

「フローレックは第一〇ブロックの窓際で誰かとしゃべってたんだ。フローレックのことだ、卑猥な話で、身ぶり手ぶりも派手だったんだろう。そこに運悪くカデュークが来てしまった。連絡指導者の片割れだ。フローレックの首根っこを押さえてこてんぱんにしてから、ブロック指導者詰所に連れて行った。そこで収容所指導者のヘスラーに報告したら、棒打ち刑が決まった。尻に二五発。そのまま懲罰房《ブンカー》に連れて行かれて、牛鞭でやられた」

「ぎゅうべん？」

「牛の陰茎を乾燥させた棒だ。ドイツが誇る折檻《せっかん》道具だよ。フローレックはそれから三日、仰向けに寝られなかった。あれから二週間たつが、まだちゃんと座れるようになってない」

ジェリーナが口をはさむ。「〈二五回の国〉って聞いたことあるか？　ドイツ領東アフリカのことさ。向こうの黒人は棒や鞭で二五回打たれる罰をよく受けたから、そんなあだ名がついたんだ」

パウルがさえぎる。「おれたちドイツ人は野蛮な民族、そういうことさ」

パウルはひどく険しい顔でハンスを見つめて何ごとかをつぶやき、第二一ブロックに行くように言った。そう、今日の仕事は運搬班なのだ。

第二一ブロックの前にはもう一五人集まっていた。ブロックの玄関番が手を振り回し、五人ずつの列を作れと男たちを突き飛ばす。そして、決められた人数の作業者をまだよこしていないブロックを猛烈に罵っていた。

ここでもまた「ほら行け、急げ」となったものの、三〇人が集合し終わってから現場指揮のSS隊員が来るまでにさらに三〇分かかった。そしてようやく全員そろい、門を出てSS病棟に着いたが、物資を運ぶ荷車が用意されていなかった。兵長が交渉に行き、そこでまた一時間。とんでもなく寒く、麻の上下のハンスたちは震えながら待った。通りの真ん中に固まって立つ。歩道は抑留者の手で雪かきがされていたが、建物に出入りするSS隊員のためにあけておかねばならなかったからだ。近くには大きな建物が三つ並んでいた。SS病棟、SS南東地区管理部、そして収容所司令部だ。

大勢の人が忙しげに行き来していた。SS隊員がうようよいるあいだに、若い女性の姿が見える。みないい服を着ているが、あれはきっとユダヤ人の娘たちの晴れ着だったのだろう。元の持ち主は殺されてしまったのだ。「SS病棟班」で働く抑留者も何人か通る。清掃人などの仕事だが、特別抑留者で薬剤師や歯科技工士をしている者もいる。恵まれた連中だ。食事はSSと同じものを食べられるし、洗面用具や薬にも不自由しない。実際、SS病棟班は薬にかけては収容所で最大の供給元だった。仕事先で盗んだものを収容所に持ち込み、マーガリンやソーセージ、あるいは、これも誰かが被服所から盗んできた服と交換するのだ。薬局だけでもかなり大きいが、広い屋根裏部屋がいくつもあって、到着直後に移送者から取り上げた薬はすべてそこに納まる。ベルリン・リヒテンベルクに置かれた武装親衛隊衛生局から送られる割り当て分とあわせ、とにかく膨大な在庫があった。医薬品はここを拠点にSSが管轄する南東部全域に配布される。同様に、アウシュヴィッツ建築資材部は資材供給の拠点で、武装親衛隊南東部が管轄する地域はアウシュヴィッツの工場から軍需品を支給されていた。DAW（ドイツ装備製造有限会社）は木製品、中でも武器弾薬用の木箱を製造していたし、弾薬自体はアウトウニオンとブーナの担当だった。ブーナには合成ゴムの工場もある。

目の前のこの建物こそ、アウシュヴィッツという巨大な複合体の中枢なのだった。ハンスがいる収容所はアウシュヴィッツIと呼ばれる。そして人間処理工場ビルケナウと、ブーナ工場のあるモノヴィッツ。さらに、炭鉱や農業の労務班が所属する、ずっと小さな労働キャンプがいくつもある。全体としては三〇以上の収容所からなり、労働者は二五万人を超える規模だ。労働者にしろ資材にしろ、すべてはここ、司令部と管理部で統括されている。

アウシュヴィッツは大掛かりな「いじめ」の装置なのだろうか。いや、それ以上の意味があるはずだ。工場や炭鉱の存在を考えれば、上シレジアの工業地帯で重要な位置を占めていることは明らかだし、しかも労働力は世界のどこよりも安い。給料はいらず、与える食事も微々たるもの。力尽きてガス室送りになっても、ユダヤ人なり思想犯なりを連れてきて補充すればいいだけだ。ヨーロッパにはそんな連中がまだいくらもいる。

すべてはベルリンの采配だ。総統官邸のあるヴィルヘルム街には、強制収容所の運営を管理するヒムラー直属の部署がある。ヨーロッパ全土からの移送はここが手配する。どこそこの収容所に何千人を移送せよ。そんな命令が、たとえばウェステルボルクに送られるわけだ。しかも、移送された者の何パーセントを到着後ただちに「絶滅」させるか、またどんな作業に何人が必要かまで、計算して決めているという。

これは全部グリューンから聞いた。歯医者で、収容所に来て一年半になるグリューンは、ポーランド人の典型だ。目的のためなら手段を選ばず、誰に対しても一切遠慮しない。収容所の中ではかなりの有名人だった。いつも割のいい仕事をものにし、機密情報も知っている。司令部の決定やベルリン発の電信の内容が政治局で働く仲間経由で入ってくるからだ。SS病棟勤務の若い娘たちと関係していたが、それがばれた時も首を切られずにすんだ。SS厨房のコネを通じて、グリューンのことを知りすぎたSS隊員に蒸留酒《シュナップス》を一リットル届けさせたそうだ。そんな彼が、今度ばかりは何やら思うところがあるらしかった。

グリューンの話はこう始まった。

「〈沼気《しょうき》〉って何か知ってるか?」

「いや」

「労務班の名前だよ。沼気班は六〇〇人、全員第一と第二のブロックだ。毎日五キロ歩かされて現場に通っている。沼のそばに大きな工場を作って、湧いてくるガスから沼気エネルギーを取り出すんだと。現場には民間人労働者もいるから、けっこうな取引ができる。仕事に出るときに服やらシーツやらを制服の下に隠していって、食べものと交換するんだ。移送者の荷物は全部あそこに行くからな。その時はカナダの奴も分け前をもらう。宝石や時計を売ることもあるぞ。それは〈カナダ〉(用語集参照、二八〇頁)の連中が流すんだ。

二カ月前にうまい話があった。結局失敗したけどな。カナダの若い奴が、外套の裏地に縫い込まれたダイヤモンドを見つけて、おれのところに持ってきた。おれが沼気にいるって知ってたんだな。あんな立派なダイヤで買うものといったら、自由に決まっている。まず、作業の割り振りをする奴らのところにシュナップスを一リットル持っていった。それでおれの兄弟分も沼気班に回された。その次に、ポーランド人のトラック運転手に探りを入れた。おれたち二人が隠れられるように、車体の下、クランクと荷台の隙間に板を張ってくれないかってね。だけど、頼む奴を間違えた。そいつは労務班の歩哨とつながってたんだ。しゃべっているところをたまたま見ちまった。その足で労務班指導者に病欠を届けたよ。かなり物入りだったけど、歩哨を一人つけて収容所に帰してもらえた。兄弟には気をつけろって言えずじまいで、あいつはその日死ぬまで殴られた。ダイヤは見つかっていない。安全なところに隠してある。

だからいまはちょっとおとなしくしてるわけだ。ダイヤを狙っているSS隊員が何人もいるからな」

ハンスにしてみれば、間違いないことはもうひとつあった。つまりグリューンは、しくじったとわかった途端、親友を見殺しにして逃げたのだ。ダイヤは自分で持って。

「ずるをするなら病棟がいちばん手っ取り早いな。シュナップス半リットルで看護夫になれる」

グリューンは確かにずるをする方法を心得ていた。

兵長が戻ってきた。荷車を使えるようにするので、貨車に積んである袋をここまで持ってこい。グリューンは兵長と短く言葉を交わし、帳面と鉛筆を受け取った。袋を数えて記録する役目だ。

荷車とともに貨車に向かう。騒々しさはなかった。全員、HKB（抑留者病棟）の文字が刺繡された黒い記章を左袖につけた看護夫だ。HKBの字が青なら看護夫、赤は技術者、白は医師という区別はあったが、あくまで建前にすぎなかった。みな一緒になって荷車を押している。

HKBの文字には不思議な力があった。SSの連中は知性を重んじる態度を毛嫌いしていた。だが、知識人《インテリ》を恐れている節もある。ウェステルボルクで最後まで持ちこたえることができたのはそんな人たちで、彼らのほとんどがテレージエンシュタットに送られ、特別扱いを受けた。これは偶然だろうか。アウシュヴィッツだけでなく、ほかの収容所でも医師は明らかに長生きしている。人の生死に携わる職業に生き延びる可能性が与えられていることは、偶然の巡り合わせにすぎないのだろうか。

そんなはずはない。野蛮な人間は霊界への恐怖から逃れられないものだ。霊界とはすなわち魂が住むところだろう。殴り殺された人間の魂は、殴った人間に敵意を抱く。つまり怨霊だが、その恨みは死者が生きていた時に培った知性が確かなものであるほど強くなる。とりわけたちが悪いのは医者だ。昔の魔術師の精神を受け継ぎ、この世とあの世を支配する力を手にしているからだ。

ここで、野蛮さにかけて〈貴種ゲルマン人〉の右に出る人々はいるものだろうか。医者が相手の時は、とにかく用心しろ。いつか世話になるかもしれない。野獣のようなSS隊員にも、そんな考えがあったようだ。医師はもちろん、看護夫や技術職の者も、急き立てられることはあまりなかったし、殴る蹴るの暴行はほとんど受けずにすんでいたが、それにはこんな理由があったのだ。

もっとも、しなければならない仕事はあり、これがまた厄介だった。貨車に満載されていた紙袋は「マラリア蚊殺剤」、化学式によれば硫黄化合物だ。かなりの袋が破れ、緑色の細かい粉末が一面に散らばっている。袋を持ち上げると首筋から中に入ってくる。ほぼ坊主の頭にも汗で張りつくし、鼻水と涙も出る。

はじめのうちはまだ気を使っていた。袋は背中の真ん中にのせて、粉末をこぼさないように運ぶ。だが袋はひとつ五〇キロもあり、疲れてくると肩から担いだりするようになった。袋が傾き、粉末がこぼれ出す。結局、服も顔も緑に染まった。

特に目がひどかった。ひりひりと痒く、粉まみれの手でこするとしみて涙が出てくる。前が見えないので袋を下ろすが、そうすると小言が飛んでくる。時間内に作業を終えるのは兵長の責任だから、早くしろと言うのも彼の仕事なのだ。目に入ってしみる、肌につくと痛い、あの粉はひどい代物だとハンスたちが不満をもらすと、兵長はあやしげな笑みを浮かべた。言えないことがあるらしい。

夕方、真っ赤な目でくたくたになってブロックに戻ったが、みなひどく具合が悪かった。寒気に吐き気。とにかく全員目に痛みがあり、皮膚に水ぶくれができている者もいた。ハンスは気分が悪く、点呼のあとはすぐに休んだが、翌朝は起きられなかった。熱があり、肩から背中にかけてはもちろん、粉末がかかった場所はどこも赤くなっていた。

調子を崩したのはハンスだけではなかった。看護夫の四人が仕事に出られない。パウルは無理を言わず、その日は別の看護夫を手配した。まだ作業が残っていたからだ。

今度の看護夫たちは、背中と肩を覆うためにゴムか何かをもらいたい、それから防塵眼鏡はないのかと兵長に向かって言ったが、無造作に肩をすくめられた。抑留者に病人が出た、それがどうした、というわけだ。じつは、看護夫の一人は治療室からゴム板を持ち出したものの、毎日病院を見回りに来るＳＤＧ（衛生兵のことだ）に見つかってしまった。

「サボタージュ」でこってりしぼられ、何発か殴られた揚げ句、ゴム板は取り上げられた。サボタージュ。自分で自分の健康を守り、仕事中に触れる毒から体を守ろうとすれば、そう言われてしまうのだ。それなら、オランダの塗料工場が労働者に支給している牛乳などは無駄以外の何物でもない。

その晩もやはり何人か病人が出て、パウルは眉を曇らせた。

その次の日も同じことが起きた。第九ブロックの看護夫三五人中、七人がふせっている。あのマラリアの薬だけのせいで。だが、作業はともかく終わった。

ハンスは落ち着いていた。熱はそのうち下がるし、毒も体から出ていく。あちこちにできた湿疹はかさぶたになって剝がれるだろう。ゆっくり体を休められたのはよかった。ひとつだけ嫌なのは、フリーデルと話ができないことだ。病気であることは手紙で知らせたが、返事は来ていない。第一〇ブロックに食事を運んでいる連中は臆病になっていた。つい最近、何人かまた殴られたのだが、一人は手紙を隠し持っていたことがばれ、ビルケナウの懲罰班に送られたからだ。

そして五日目。非常事態発生。パウルが看護夫控室に飛び込んできた。「全員すぐ着替えろ、急げ！　医官が第一九ブロックにいる。すぐこっちに来るぞ！」

何が起きているのか見当がつかなかった。ハンスが廊下に出ると、グリューンがいた。暗澹《あんたん》とした顔つきだ。「ずいぶんご無沙汰だったからな。三週間ぶりか」

そこでブロックの扉が開いた。玄関番の声。「気をつけ！」

グリューンはハンスを便所に引っ張り込む。医官が階段を昇っていくのが聞こえる。便所には病人も数人入ってきた。汚物監督のトニー・ハークステーンはすかさず毒づきかけたが、グリューンが静かにしろと合図する。

「ここに隠れに来たんだろうが、ばかが」

グリューンは好奇心を抑えきれなかった。ハンスを連れて二階に上がり、病室の看護夫のあいだに紛れ込む。ほとんどのベッドは空で、患者は真ん中の通路に整列させられていた。SDGがベッドから起き上がれない重病人の番号を書きとめる。それが終わると検分が始まった。

不快きわまる状況だった。目的を知っているとよけいにたまらない。気の毒なほど痩せ細り、やつれきって目が落ちくぼんだ人たち、体中傷だらけの人たちが、裸になって長い列を作る。互いに支え合うか、ベッドにつかまるかしなければ、立ってもいられない。医官はひとりひとりにさっと目を走らせ、SDGは医官が指示した患者の番号を控える。およそ半数がそうやって選び出された。一人が医官に尋ねる。

「何のためですか?」

「黙れ」

SDGはいくらか親切だった。「弱っている人は別の収容所に行く。専用の病院がある」

その返事を聞いた看護夫たちは、皮肉な顔でお互いを見やった。「どんな病気にも対応できる特別な病院」

医官は病室を出て階段を降りていったが、ハンスはどきっとした。三号室には神経患者に混じってファン・リアのベッドもある! 例の研修医だが、彼は少しつけ上がっていた。

大したことのないけがで入院しておいて、さらに勝手に三号室に移ったのだ。オランダ人が二人働いていて、楽しいからという理由で。ファン・ウェイクとエリ・ポラック、どちらかがうまくファン・リアを隠せていればいいのだが。

医官がいなくなってから、ハンスは廊下でエリとすれ違った。表情が厳しい。

「帝国ドイツ人三人だけ残った。あとの連中はみな番号を控えられた」

「ファン・リアのも?」

「ファン・リアのも。患者と一緒だ」

二人はパウルのところに行った。ブロック長としてなんとかできないか。パウルは妙な男だった。悪い奴ではない。決して手は上げない。怒鳴ったり脅したりはするものの、それ以上のことはしない。だが、長い収容所暮らしで哀れみや思いやりの感情はすり減っていた。「ファン・リアか、あれは自業自得だ。自分でどうにかすればよかったんだ。君らにそんなことは起きていない。なぜかわかるか? ここに来た時からしっかり働いている。だからおれは君らを看護夫にしたんだ。なのに、あの役立たずときたら!」

もちろんこれは勝手な理屈だった。ファン・リアが看護夫になったのも、元はと言えば医官が決めたことだ。仮にパウルがファン・リアのことを気に入らなかったのなら、ベッドから追い出すなり、ブロック長の権限で退院させるなりできたはずだ。人を罠にはめるようなこんなやり方は許せない。だが、何年も収容所に入っていれば、どんなに善良な人でも独特の「正義感」に染まる。それは頑固な癖のようなもので、収容所では「鳥《フォーゲル》」と呼ばれていた。

ファン・リアの番号は名簿から外されず、彼は翌日、ほかの患者と一緒に病棟を離れた。

一時にトラックが何台も横付けされ、SS隊員が続々とやってくる。ハンスにとっては初めて見る光景だ。収容所指導者と二人の連絡指導者、医官とSDG、トラックの運転手。ほかにも大勢の人がいた。

彼らはむやみに手を振り回して何かを伝え合っていた。態度も言葉もすこぶる乱暴だ。SDGが言っていたような「専用の病院」への輸送とはとても思えない。

名前と番号をまとめた名簿がブロック長に渡される。ただちに集合がかかり、犠牲者はズボンとサンダルを与えられ、トラックに押し込まれていく。

自分で歩けないほどの重病人は、看護夫が担架に乗せて病室から運び出した。階段をゆっくり降りていると、SS隊員が看護夫を蹴飛ばして担架を取り上げ、病人の体を小麦粉の大袋のように荷台に投げ入れる。

体重がある人はいない。もともとがっしりしていて、たとえば八〇キロくらいだった人でも、いまの体重は五〇キロか五二キロというところだった。ふつうの体格だったのに、かわいそうなくらいに痩せてしまい、せいぜい三八キロという人もいる。

ひどく痩せるにしても、心臓と脳の重さは最後の最後まで変わらない。これは栄養学の原則だ。いま運ばれていこうとしている人たちの大半は、自分の境遇をわかりすぎるほどわかっている。ひたすら生きようとする意志はまだ潰《つい》えていないのだ。泣き出し、看護夫に不満をぶつける者も多い。一六歳の少年がひどく逆らった。見に来たSS隊員がベルトで殴りつけると、その子はもっと大きな声で叫び出した。そこでSS隊員はもっと激しくベルトを振り下ろす。だが、ここでドイツ式の躾《しつけ》はうまくいかなかった。

酔っぱらった男がうるさく吠える犬を蹴飛ばすところを見たことはあるだろうか。蹴飛ばされた犬はさらに吠え立てる。男は、自分が乱暴なことをしたからだ、犬は吠えて当然だと(酔った頭で)考える。〈良心の呵責《かしやく》〉を感じるまではないにしろ、犬の鳴き声は男を落ち着かない気持ちにさせる。その居心地の悪さをごまかすために、一段と激しく蹴りつける。すると鳴き声はまた大きくなる……こうして犬は蹴り殺されてしまう。死んでしまえば少なくとも鳴き声はたてられない。

それと同じことが起こった。SS隊員がますます力を込めて少年を殴るにつれて、叫び声は大きくなる。結局、SS隊員はその子を体ごと持ち上げ、ボールのようにトラックの荷台にたたきつけ、ようやく静かになった。

ハンスは一階、一号室の前の廊下に立って考え込んでいた。この〈人間たち〉の責任がいつか追及されるとしても、彼らに純粋な良心の呵責を教えられるとはとても思えない。〈正当な罰〉は、彼らの心にさらに大きな憎悪を生むだけだ。〈改心〉を装っても、社会に解き放たれれば再び陰謀を企てるに決まっている。将来、彼らに与えられるべき罰はたったひとつ、死だ。新しい社会を守るためにはそれ以外にない。

ハンスは自分の腕に爪を立てて怒りを抑えた。抵抗すること、あるいは単に同情を示すことが、無意味な自殺行為につながるのだ。前回の選別の時、ある看護夫が患者の一人を手当てしていたらしい。包帯を取り替えるようなことで全体の予定を遅らせるなと見張りのSS隊員になじられて口答えしたところ、医官が来てこの看護夫の番号を書きとめ、一緒にトラックに乗せていったのだそうだ。

ファン・リアが廊下に姿を現し、ハンスのほうにゆっくり近づいてきた。汚れたシャツにかたかた音のするサンダル。背が高く痩せ細った体を丸め、長い腕を振りながら歩く様子は、まったく惨めだった。死の使いが一足先に彼の体に乗り移ったかのようだ。ファン・リアは、ハンスに話したいことがあると言う。

ハンスはどうしてよいかわからなかった。怖じ気づいたのだ。ファン・リアが何を聞きたいかは知っているけれど、それには答えようがない。だから背を向けて逃げた。卑怯な逃げ方だ。ハンスは一号室に入り、いったんは大きな煉瓦ストーブの後ろに隠れた。だが、複雑な好奇心を抑えかねたあげく、窓際に立った。

準備が整ったようだ。トラックの後部扉が音を立てて閉じられ、SS隊員がよじ登る。ビルケナウに向けて出発だ。ハンスは両手で窓枠を握りしめた。ポーランド人たちがベッドに寝たまま何ごとかを騒々しく話している。ハンスはわめこうとした。叫び声が届けば、誰かが助けに駆けつけてくれるのではないか。漠然とそう思った。それなのに、どんな音も出せなかった。静かに涙があふれる。その時、ハンスの体に腕がまわされた。ジマーだ。でっぷりした、ポーゼン出身のポーランド人。

「いやな、あいつらはもう苦しまなくていい。嘆きの歌はここで終わりだ」

ハンスの身震いがジマーに伝わる。

「ほら、しっかりしろ。お前さんは大丈夫だ。この病室の仕事は悪くないだろう。若くて元気だし、医師長にも気に入られているのに」

「それはわかっているよ。ぼくのことで泣いているんじゃない。だけど、あんなふうにおとなしく殺されてしまう人たちは何なんだ」

ジマーはほんの一瞬笑った。「そんなのはもう何千人、何百万人といるぞ。お前さんはその時も泣いたか？　目の前で見たから動揺しているだけだ。いや、悪いと言ってるんじゃない。世間知らずなのさ。ドイツ軍がポーランドに侵攻したのは一九三九年だが、その時はユダヤ人の家も捜索された。男たちはまとめて強制収容所送り、女たちは陵辱された。人種恥辱罪（アーリア人と非アーリア人が性的な関係をもつこと）は無視だ。小さな子どもの足を持って、頭を木や柱に打ちつけているのはこの目で見たよ。それが流行りだったんだな。ＳＳでは毎年流行りがあるんだと。一九四〇年は、子どもの体を二人がかりで文字通り引き裂くこと。四一年は、たらいに入れた水に子どもの顔をつけること。一〇センチの水でも溺れて死んじまう。最近はそこまではやらない。ユダヤ人はガスで殺すようになった。数年前に比べれば、いまの収容所はサナトリウムだ。昔よりもずっと計画的に皆殺しにしているわけだから」

「たいへんだったんだね」

「よしてくれ。おれたちはポーランド人だ。ドイツ人のことはわかっている。狙われるのはいつものことだ。ポーランドはまたしても分割され、ドイツに併合された。ポーゼンは、ポーランド語ではポズナニだ。ダンツィヒはグダニスク、シュテッティンはシュチェチン。ポーランドでいちばんいいところが、またドイツに飲み込まれたんだ。でも、新しい国境がどこに決まるかは大したことじゃない。ドイツが戦争に勝てば、どのみちポーランド全土がドイツの奴隷になる。だけどももし奴らが負ければ、そのときこそ、正義が勝つ」

その朝のひどいできごとから、ハンスの葛藤を紛らわせたのはこの会話だった。

一方で、鍋当番の仕事もあった。病棟の五ブロックが一週間交代で第一〇ブロックにスープの鍋を持っていく。今週は第九ブロックの担当だった。ハンスは大鍋をマイゼルと一緒に運ぶ。マイゼルは物静かで優しいベルギー人の医者で、奥さんがやはり第一〇ブロックにいる。

たいていの看護夫は第一〇ブロックに行きたがった。特定の女性がいたからだが、そんな人がいなくても、つかの間女性たちに囲まれるのは役得だ。そんなわけで、厨房から第一〇ブロックまでは毎回必死の競走が繰り広げられた。実際にブロックに入れるのは先着順で四組。ほかの鍋は第九ブロックの男たちのところに運ばれる。

それでも、ハンスとマイゼルはいつも重い鍋を選ぶようにしていた。女性たちのところに行きたいがために小さな鍋を持って速く走るのは、二人にしてみれば裏切りだった。そうする男たちは実際多かったけれど、鍋が小さく軽ければ、第一〇ブロックで配られるスープの量が少なくなる。これでは本末転倒だ。

いや、鍋の重さなどどうでもよかった。二人の目的はちょっと女友達の顔を見ることではなかったし、そんな男たちよりも頑張れる理由があった。マイゼルはハンスより一〇歳上で、たまに遅れ気味になることもあったが、その時は鍋に渡した棒をハンスの側に重みがかかるように持ち直した。ハンスは体力があったし、少々のことではへこたれない粘り強さも持ち合わせていた。だから二人はたいてい一番乗りだった。

フリーデルはもう廊下で待っていた。例の意地悪な玄関番はハンスとフリーデルに慣れてきたのか、以前のように叱りつけたりはしなくなった。フリーデルはハンスに笑いかけ、彼の胸に手をあてる。

「ばかね、こんなに必死になって。どきどきしすぎじゃない。心臓に悪いわよ」

「どきどき打っていることに感謝してほしいね」

ハンスは今朝のことを思い出し、たちまち鋭い痛みを感じた。何でもないように話を続けようとするが、フリーデルにはもうわかっていた。全部見えていたのだ。

「ここにいる人たちのご主人はどうしているの?」

「ミール・ブックビンダーは無事だ。ハイニとギュンターも大丈夫。でもヘイテンマンとかいう人は第一九ブロックから連れて行かれたよ」

「そんな、奥さんに何て言えばいいの⁉ 午前中ずっとせかせか歩き回っていたのよ。どうにかなったかと思ったわ。ずいぶん前から具合が悪いことは知っていたから、すごく心配はしていたけど、もうだめだとはどうしても思えないのね。ほら、またパンをことづかってしまったし」

ハンスは、何ごともないふりをするのがいちばんだと思った。それで二、三日してから、急にいなくなった、ほかの収容所に移されたと言えばいい。とにかく、今日の選別で連れて行かれたことは耳に入れないようにしなければ。

「かわいそうに。奥さんは今週ザームエールの実験にも呼ばれたのよ。痛みと出血がひどかった。それはそうと、脱脂綿か綿球は少し手に入る？ この一週間みたいにたくさん検体を採っていたら、とてもじゃないけど足りないわ」

ベティがやってきた。ミールの奥さんだ。包みを二つ持っている。一つはミールに、もう一つはハイニ・スピッテルに、奥さんから。ハンスは確かめる。

「手紙は入ってないよね？」

パンの差し入れがばれてもまだなんとかなる。妻から夫へのものだと説明できれば、まず大丈夫だ。だが手紙となるとそうはいかない。

「私のには入ってるわ」

「なら早く抜いて。別に預かるから」

ハンスはいらいらしてきた。男たちはもうほぼ全員、玄関番に追い出されていた。まだフリーデルと話したいことが残っているのに、この差し入れの世話はいつもやたらと時間がかかる。フリーデルはハンスの焦りに気づいた。

「待ってあげて。ご主人に連絡を取れるのはあなただけなんだから」

だが、返事をする前に、ハンスは玄関番に見つかってしまった。女性たちのあいだに隠れるように立っていたのだが。

「気でも狂ったか、え？」いつもの罵詈雑言が飛んでくる。ハンスは叱り声を聞く気はなく、フリーデルに慌ただしくロづけた。だがフリーデルはそれではおさまらない。ハンスの体をしっかりつかみ、少なくともきちんとさよならを言おうとしていた。

その時、突然どこかで扉が開いた。大柄で太った女が姿を現す。魚市場を抜け出してきたような見た目だが、オランダの女性の魚売りにある健康的な肌つやはない。汚らしい薄茶色の髪はもつれ、青白い丸顔に深紅の口紅が下品だ。臨月が近いのか、制服が合っていないために異様な感じがした。「売女《ばいた》が集まって何をしている！」

ばかばかしい言いぐさだ。ナチの相手をして妊娠した娘が、夫のためにとっておいたパンをハンスに託す女性たちのことを「売女」と呼ぶとは。とはいえ、この女性看守が何気なくもてあそんでいる棍棒は、軽く受け止められるものではない。そこでハンスは女性たちの後ろに隠れて彼女の脇を通り抜けた。差し入れの包みは上着で押さえ込む。第九ブロックに戻るまでは息もつけなかった――とんでもないことになるところだった。

第九ブロックでは、病室にもうスープの鍋が届いていた。一階の小病室（一部屋の患者は五〇人）の患者は横になっていてかまわない。看護夫がスープを配って回るからだ。ヤヌスがスープをよそう。一人一リットル。ハンスは赤いブリキの椀を運ぶ。スープを断る者もかなりいた。自前の食べものをたっぷり食べている連中だ。こうしてスープは余るので、ハンスは別の椀に二リットルよそい、二階に寝ているオランダ人に持っていくこともできた。

二階は様子が違う。病人たちは椀を持って長い列を作り、スープを受け取る。ベッドから起き上がれないほどの重病人に限って、部屋係がベッドまで食事を運ぶ。

ここの看護夫様はそろってものぐさで、病室の掃除や配膳は自分たちでせず、軽症の患者にやらせていた。みな喜んで仕事を引き受けた。そうすれば一日にスープ一リットル余分にもらえたし、退院させられて収容所の外で働く労務班に行かなくてもよかったからだ。

もちろん危険がないわけではない。医官が〈イスラム教徒《ムーゼルマン》〉の選別に来れば、そんな部屋係は便所か屋根裏部屋に身を隠さねばならなかった。

ハンスがスープの椀を持って二階の病室に入ると、あちこちから声がかかった。「看護夫さん、スープをもらえませんか」

そして、前の日に配られたパンや、とっておいたマーガリンを見せる。ハンスからスープを「買う」ために。

そんな話に乗る看護夫もたくさんいた。実際、収容所は闇市と化していて、物の値段もだいたい決まっているほどだった。スープ一リットルは、パン半日分かマーガリン一回分と交換できた。看護夫や部屋係によっては、毎日五リットル以上スープを余らせ、それと引き換えにましな食べものを手に入れていた。医者でも、マーガリンのためにスープ椀を窓から誰かに渡したりしていた。万一見つかれば病棟から追い出されるが、誰もそんなへまはしない。もっともハンスはそんな取引はしなかった。べつに品行方正にこだわったわけでもない。そうする必要がなかったのだ。

一階に下りてきたハンスをジマーが呼び止めた。物陰で包みを押しつける。

「今週の荷物が今日来た」

ハンスはその場を大急ぎで立ち去る。ほかのポーランド人には秘密だ。こんなことが知られれば、ジマーはいい笑いものになる。ハンスは看護夫控室の隅で包みを解いた。りんご二個、ケーキ、ベーコン。その場で、りんご一個とケーキを少し食べた。残りはフリーデルに持っていくことにして、わら布団の下に隠す。そのあとはまた仕事だ。スープ椀を洗い、部屋を掃く。需品係のクチェンバに呼ばれる。体の大きい奴らでパンを取りに行ってこい。パン一二〇個。運べばいいようになっているとはいえ、一七〇キロの重さだ。そうこうしているうちに、鍋当番の時間になる。夕食のお茶を運び、パウルにどやされる。

「おい、そこのぐず、外の階段にお茶がこぼれていたぞ、しっかりしろ」

外の階段はハンスの受け持ちだった。「大役なんだぞ？　階段はブロックの顔だ。ブロックの評判を落とさないように、精いっぱいやってもらわないと。さっさと行け。真面目にやれよ。バケツの水でまず流して、それからブラシだ。わかってるだろ」

もちろんハンスはわかっていた。彼はバケツに水を汲み、猛烈な速さで廊下を走る。自分がどれだけ熱心に働いているかを見せるためにわざと大騒ぎした。おかげで、次の仕事に呼び出されるまで少し間ができ、ハンスは外階段を拭き上げたあとに三号室をのぞきに行けた。

三号室は精神科で、担当医師はエリ・ポラックだ。エリは自分の机の前に腰掛け、ぼんやりと空を見つめている。どこか悲しそうなのはいつものことだ。さほど活発なたちでもないのだろう。まだ三五歳、体つきもしっかりしているのに、疲れ切った老人のような印象を与える。とにかく何をするのも億劫《おっくう》そうだ。

無理もない。エリの妻と子どもは、小さな子どものいる女性の例にもれず、オランダから到着後すぐにビルケナウに連れて行かれて「煙になった」。エリがこれを知るのはアウシュヴィッツに着いて三週間後のことだ。

「ぼくは列に並んでいたんだ。女房はトラックに乗せられて、そこで失神したんじゃないか。何が起こるかわかったんだと思うな」

「ばかを言うなよ」

ハンスは自分ではエリを慰めることができないと感じていた。その歯がゆさは荒っぽい言葉遣いに表れる。「何がわかったって言うんだ？　失神してもしなくても、結局クレマトリウム送りになったのは、もうはっきりしてるじゃないか」

そう話していると、ワルターが一席ぶち始めた。

「総統の御名にかけて、わたくしワルターは、月における千年王国の恒久使節に選出されました。わたくしは、すべての恒星と惑星を統治する者であります。わたくしの姉はかつてわたくしに三ライヒスマルクを与えました。それをもって、ヘルマン・ゲーリング国家工場をわたくしの経済統制下に置くことに成功いたしました。新型兵器をもって、わたくしは宇宙を手中にし、ヒトラー、ゲッベルス、ゲーリングの三位の御名において、大いなる世界の総督となったのであります。わたくしの力は無限です。総統の命じるところであります。当部屋の神経衰弱者は全員、ただちに自由選挙を行なうものとします。投票、投票、投票。ではこちらから。おい、役立たず、そこのぼんくら、大ゲルマン帝国による救済のために一票を。ほら、そこのちんけな民主主義者、そろそろ目を覚ましたらどうだ」

ワルターは同じベッドに寝ている哀れな病人の体を揺さぶり、頭をばしんとはたいた。

その男は起き上がり、何やらぶつぶつ言う。

「何百万、何十億の人々が、我らが旗印の下に結集している。我らの血は永久なる真実の女神を受胎させ、女神は我らが指導者を産む。そしてこの指導者によって、偉大なる王国は完成に至る。わたくしの子孫は血と土を耕す虫となる。その糞が土を肥やし、穀物を実らせる。こうして我らはイギリスの封鎖に抵抗するのだ。ほら、そこの汚らしい不信心者。立て。ともに行進するのだ。ユダヤ人の血は剣から滴り落ちている。一陽来復《いちようらいふく》。形勢は我が方に有利だ。いまこそ前へ！」

そう言って、ワルターはまた隣人を蹴飛ばし、たたく。はげ頭の病人は、もう勘弁というように両手を上げげた。エリが近づいて、ワルターを落ち着かせようとする。

「わかったよ、ワルター、行進は明日だ。今日はもう寝よう」

「絶対に寝ませんよ、先生。おれはジークフリートだ。永遠の処女ブリュンヒルデを守らなければ。ブリュンヒルデは宿屋でお休みです。竜と一緒に。この竜が総統の父親ってわけです。ナチのよき血の護衛を務めているのはおれだ。勝利の旗印はおれだ。めでたい！万歳！　おれはゲルマニアの子だ。全軍前へ進め、進め！」

ワルターはベッドから飛び降り、興奮でわめきながら病室を行進して回る。アジ演説を聞かされた病人たちも大騒ぎを始めた。ベッドの縁に腰掛けて、手足を振り回す。ふだんはおとなしい連中が、めちゃくちゃな歌を歌い出す。

水頭症の患者が、スープ椀で拍子を取り始めた。大きな頭から飛び出している目は、両方とも白内障で濁っている。そこにこの上もなく幸せそうな笑みが浮かぶ。

ワルターは行進を続け、エリはすぐ後ろをついていく。

「親分はおれだ、指導者はおれだ、精神病院の総統だ」

「まったくだ」とハンスはつぶやいた。

突然、大声がとどろき、騒々しさがかき消える。

「畜生、なんて奴らだ、いったい何ごとだ？」

パウルだった。やかましいのに気がついて様子を見に来たのだ。

騒ぎはそこまで。パウルはワルターの首根っこをつかみ、ベッドに連れ戻した。部屋全体が静かになっていく。「注射だ、ポラック。どうしようもない奴だな」エリはワルターに注射を打つ。ほかの病人も落ち着いてきたようだ。パウルは椅子を引き寄せた。

「おい、お前ら。向こうのやりたいようにやられてしまうんじゃない。おれはここ、この狂った場所にもう一〇年いるんだ。そんなおれが、自分のことを総統だと信じている奴の言いなりになると思うか？　本物の総統だって、一〇年かかってもまだおれのことをへこませていないのに」

「気をつけ！」ブロック全体に声が響いた。パウルが慌てて出ていく。「手を止めるな！」エリは注射器を洗浄し、ハンスは箒《ほうき》を手に取って床を丁寧に掃き始める。

衛生兵《SDG》が日課の点検に来たのだった。担当になった初めの頃はひどく怒鳴り散らしていたが、最近はおとなしくなっていた。医師長のジェリーナが弱点を発見したおかげだ。いまでは、このSDGがブロック長室に顔を出すと、必ずたばこが一箱用意されている。厄介な点検を受けずにすむならと、ポーランド人は喜んで自前のたばこを持ち回りで提供した。服をベッドに置いておいてもよかったし、たまに大きなストーブで料理をすることも見逃してもらえた。小さな違反は数えきれない。とはいえ、こんな状態がそう長くは続かないことはみなわかっていた。いまのSDGはもうすぐ異動させられ、新しい担当兵が来る。どんなに職務に忠実な兵士でも、時間がたてばどうしても担当する抑留者になじんでいくことを収容所の幹部はよく理解していた。だからSDGに限らず、抑留者と触れ合う機会が多い者は定期的に別の場所に転属を命じられるのだ。

三週間後、新しいSDGが着任した。金髪の口ひげを蓄えた背の高い男。初日は全体を見回って、その時はもの柔らかな印象を残していった。ところがその数日後、ポーランド人の病室に来て、全員ベッドから下りろと命じた。いったい何ごとだ？

これがユダヤ人の病室なら、選別でまず間違いない。ほとんど毎週のように行なわれていることだ。だがポーランド人の部屋で？

ハンスと部屋長は全部のベッドを空にし、小包もすべて開けなければならなかった。ありとあらゆるものが出てきた。服、靴、ぼろ布、カビの生えたパン、その他もろもろ。見つかったものはひとまとめにする。ほとんどの食べものは持ち主に返された。だがチョコレートやイワシの缶詰など珍しいもの、それにたばこは、SDGのポケットに収まった。

SDGは自分でも点検を始めた。わら布団をめくり、取り残しがないかを確認する。患者を調べ、シャツ一枚以上着ている者には着込んでいる服を脱ぐように言う。患者が脱いだ服を禁制品の山に放り投げ、ついでに二、三発平手打ちを食らわせる。ジマーは渋い顔をしていた。上等の羊毛のセーターと二重底のブーツを送ってもらっていたのに、どちらも取り上げられてしまったようだ。もう冬だし、ひょっとすると近いうちに労務班に回されるかもしれない。

服をはじめ、見つかったものはすべて小分けにしてシーツにくるまれた。全部ブロック長室に運ぶ。SDGはそう言って包みの数を数えはじめる。だがちょうどその時、通りから銃声が聞こえた。SDGは部屋を横切り、窓から外をのぞく。ハンスはその隙に動いた。両脇に包みを抱えてそっと廊下に出る。

ハンスが部屋に戻ると、SDGはシーツの包みのそばに立っていた。すかさず口を開く。

「ひとつ運んでおきました」

「よし、あと五個だ」

ハンスはそれから病室とブロック長室を五往復した。SDGはハンスが何かをくすねたりしないように目を光らせている。全部の包みを運び込むと、SDGはブロック長室の扉に鍵をかけ、その鍵を自分で持った。あとから取りに来るという。だがこのとき、ジマーのセーターとブーツ、それからほかの連中の選り抜きの品は屋根裏部屋に運ばれていたのだった。

その夜のハンスは物持ちだった。セーターとブーツを取り戻したジマーは、みなの見ているところでハンスにベーコンを二五〇グラム分けた。ハンスの機転に助けられたほかの連中も負けじと続く。ベーコン、砂糖、りんご、白パン、その他いろいろ。第一〇ブロックの窓際で、ハンスは喜色満面にこの冒険のことをフリーデルに話した。

「明日持ってくるよ」

「自分の分もちゃんととっておいてね」

「もちろん」

とはいえ、ハンスはほとんどのものをフリーデルに渡すつもりでいた。窓の向こうの彼女は咳をしていたし、一度は咳止めの薬を欲しがったこともあるのだ。ハンスは体温を測ってみるように言った。二晩、腋の下で三七・三度と三七・五度。「大したことないわ」それでもハンスは不安だった。新たな敵の存在に気づいていたからだ。結核。戦う覚悟はできている。フリーデルを介抱する、といっても食べものを届けることしかできないが、それができる限りはやってみせる。ベッドに横になり、どうやってSDGの裏をかいたかを思い返すと、満たされた気持ちになった。こんな穏やかさは長らく感じたことがない。ハンスは笑みを浮かべて眠りに落ちた。

ある朝、ハンスはブロック長に呼ばれた。「ファン・ダム、検疫に行け」

ハンスはぎょっとする。また病棟から追い出されるのか？　だが、その場にいたジェリーナが笑って説明する。

「検疫で猩紅熱《しょうこうねつ》が出た。だから向こうで医者が要るんだよ。検疫から病棟に入院できないし、夜に外来局で手当てを受けるのも当分だめだ。こっちから医者を送って、全部向こうで処置してもらう」

一時間後、ハンスは検疫棟に行った。ブロック長が皮肉な笑みを浮かべて迎える。

「これはセンセイ、ようこそ。お任せしますよ。やれやれ、これで安心だ」

ブロック長はハンスを伴ってある部屋に入った。片隅がシーツで仕切られ、その後ろにおなじみの三段ベッドがある。下段に部屋長、中段は部屋書記。いちばん上がハンスのベッドだった。

部屋長は検疫ブロックでの心得を説いた。とにかく落ち着いていること。決してかりかりしないこと。

これをちゃんと聞いて守っていれば、問題はなかったはずだ。だが、ハンスはのっけから、あらゆる対策を取るべきだと真面目かつ几帳面に訴えた。各部屋の扉の前に消毒液を入れた鉢を用意し、手洗いを徹底する。毎朝全員を診察し、猩紅熱の発症をできるだけ早く把握する。毎晩ブロック内で外来を開設する。小さい部屋をひとつ空け、指示に従って病棟に入院できない患者と、猩紅熱の疑いのある患者を収容する。検疫中のフランス人の医師数人は当面助手として働く……。ハンスが話し終えた時、ブロック長の顔にはまた皮肉な笑みが浮かんでいた。

「わかりました。センセイ」

ハンスは一日中、自分が提案したことの準備に忙しく立ち働いたが、結局はそのどれも実行されなかった。消毒液を入れる鉢は手に入らず、病棟の薬局からは、管轄が別のブロックに薬は渡せないと言われた。ブロック長によれば、すぐに空けられるような部屋はない。いま検疫ブロックには一二〇〇人いて、すでに一つのベッドを三人で使っている状態なのだから。

できないのではなく、わざとやらないのだろう。ハンスはそう感じた。下段のベッドに寝ている部屋長のハインリッヒもそんなことを言った。ハインリッヒの胸の三角印は紫、つまりエホバの証人だ。毎晩、祈りの時間がもたれ、聖書研究会の会員が集まった。といっても数は多くない。アウシュヴィッツ全体で五、六人。昔はもっといたらしいのだが。

聖書に基づきナチ体制の悪弊を指摘し、その破滅を予言する人々は、ドイツでは誰であれ組織的に逮捕されていた。「エホバの証人」に限らず、同じことはほかの預言の信者にも起きていた。大ピラミッドの預言しかり、ノストラダムスの預言しかり。

ダッハウには、一時エホバの証人が八〇〇人も収容されていた。ある日、収容所指導者が全員を点呼広場に集合させて呼びかけた。「聖書の預言の真理をいまもって信じている者は手を挙げよ」全員の手が挙がったところで上等兵が一〇人を選び出し、その場で射殺した。もう一度声がかかる。「いまもって……」今度も全員の手が挙がる。そしてまた一〇人が撃ち殺される。

同じ質問がひたすら繰り返される。だがそのたびに二の足を踏む者が増え、挙がる手は少なくなっていった。そして、最後には「転向者」だけが残った。とはいえそれは、模範的な信者が二〇〇人あまり銃弾に倒れたあとのことだったが。

聖書研究会の会員の話に付き合うのは、正直疲れることもあった。何を言おうと何があろうと、必ず聖書の言葉を引いた解釈を聞かされたからだ。だが、みな一様に誠実で、他人のことを気にかける人たちだった。それに収容所で手に入る品物についてよく知っていた。「用心しなよ」ハインリッヒはハンスに言った。「対策だ対策だってあまりうるさくしないほうがいい。そのうちとんでもなく面倒なことになる」

数日後、SSの医官が様子を見に来た。感染防止の対策がまったく取られていないことに怒ってわめき散らし、ハンスは大目玉を食らった。ここでハンスは、ブロック長に説明はしたが協力を得られなかったと愚かにも正直に言ってしまったからたまらない。ブロック長はすっかりおかんむりで、ますます動こうとしなかった。ハンスが医官に口答えするなどありえないと高をくくっていたのだ。

ハンスを手伝ってくれたのは、イーヴァルという若いチェコ人の医者一人だけだった。イーヴァルは同性愛の罪で収容所に入れられたのだが、非ユダヤ人で、なおかつブロック長とポーランド語で話すこともできたので、まだそれなりにやっていけていた。ハンスはイーヴァルと親しくなり、ピンク色の三角印をつけられたいきさつを聞いた。

「昔、プラハの党員に金を貸していた。そいつに返済を迫ったら、ゲシュタポに捕まった。ぼくが同性愛の行為に及んでいるところを見たと証言したのさ。まあ、ドイツの裁判がどんなかは君も知っているよな。ぼくは何も自白してないし、何も立証されていない。だけどナチ党員の証人が一人いることは、ちゃんとしたアリバイがあることよりも大事なんだ。その〈事件〉があった日、ぼくはプラハにいなかったと証明できたはずだけど、そんな機会すらなかったよ」

その翌日、イーヴァルが言ったドイツの裁判をハンスは身をもって体験することになった。ブロックの屋根裏部屋には、汚れたわらの上に病人を一〇人寝かせた一角がある。点呼の鐘が鳴った時、ハンスはそこにいた。SS隊員が顔を出すまでには少なくとも三〇分かかる。もう少し屋根裏で仕事を続けるので、人数確認で気をつけてほしい。ハンスが寝起きしている部屋まで、屋根裏の部屋長が伝えに行った。なのにハンスが階下に下りると、人数が合わないと騒ぎになっていた。呼び出されたブロック長は、部屋に入ってきたハンスを見て逆上した。「この疫病神……！」そのあとはポーランド語の罵倒がいつまでも続いた。

ハンスは事情を説明して謝ろうとした。だがブロック長の怒りはいっこうに収まらず、いきなりハンスの顔を二、三度思い切り殴りつけた。鼻血が噴き出る。眼鏡は床で粉々になった。

眼鏡が壊れ、鼻を骨折したことは確かに痛かったが、それよりもこの検疫ブロックで絶望的な立場に追いやられたことのほうがずっと問題だった。部屋長に部屋係、書記に掃除係。そろってハンスのことをばかにし、誰もまともに取り合ってくれなくなってしまった。

その夜、ハンスはクルトコフとこの話をした。ロシア人には珍しく少しドイツ語を話すクルトコフは、労働者二五〇〇人を抱える集団農場《コルホーズ》の幹部だった。ドイツ軍が農場に来た時に全員が作業を拒否し、大方はその場で射殺された。そしてクルトコフは二〇〇人ほどの労働者と一緒にアウシュヴィッツに送られた。

彼らは黒の三角をつけていた。〈反社会的分子・労働忌避者〉の印だ。おれたちは馬のように働き、ぬかるみだらけの畑しかない貧しい村を広大なすばらしい農場に変身させた。労働者と農民からなる共同体（つまり社会）の意味、またその共同体のために働くことの意味を世界でいちばん深く理解している人間が〈反社会的〉だと。だからここでどんな三角印をつけているか、どう評価されているかには何の価値もない。

「ここにどんな奴らがいるか考えてみろ。ほとんどはポーランド人だ。『P』が入った赤い三角だから、政治囚ってことだ。だがな、請け合ってもいいが、九割方は闇屋か、酔っぱらってくだらないことを口走る程度の政治活動をした奴らだろう。赤い三角のドイツ人は、だいたいまっとうな政治囚だ。中には一〇年もいる奴もいるが、数は少ない。死んじまったのも多いしな。その次がロシア人だ。さっき話したように、たいていは黒の三角だが、本当のことを言えば、この連中こそ政治囚だ。労働忌避は政治的な行為だったんだから。いちばんのくずはやっぱり緑の三角だろう。三角の頂点が上向きなら常習犯、下向きなら機会犯。こいつらはどこの収容所でも我が物顔だ。収容区長になって、抑留者を何百人も殺す片棒を担いだ奴だっているぞ。でも、この三角はまったくでたらめだ。おれが知っているドイツ人は、ケルンの出身だが、一九三六年に飛行機からビラをまいて捕まった。もちろん反ナチのやつだ。だけど、そのビラを印刷するのに非合法の組織から金を受け取った証拠があったんだな。それで緑の三角になった。犯罪者だ。自分の金でやっていたら赤の三角さ」

日が暮れて、ハンスは屋根裏部屋の様子を見に行った。屋根裏といっても広く、三〇〇人がセメントの床に寝ている。全員ユダヤ人だ。二日ほど前、一人が食器に放尿していたところを見つかった。この男は膀胱炎で小便が近かったが、部屋を出ることを許されるのは下手をすると半日に一度。それで別のブロックの友人に余分の椀を都合してもらった。だがこの言い訳は通じず、あざだらけになるほど殴られた。そしていつものことだが、ユダヤ人の一人が悪いことをすれば、ユダヤ人全員が悪いとなったのだった。

ブロック長は、しめたとばかりにユダヤ人はもれなく屋根裏部屋に寝かせることにした。こうして階下の部屋には余裕ができ、おかげでポーランド人はベッドを二人で分ければよくなった。

屋根裏部屋はまさに修羅場だ。床は打ちっぱなし、屋根は雨漏りがする。小さな窓二つで三〇〇人分の新鮮な空気をまかなわねばならない。男たちは麻の制服のまま床に直接寝ていた。毛布は二人で一枚。昼間は床に転がる角材に腰掛けようと押し合いへし合いするか、立ったまま過ごす。椅子も机もないからだ。猩紅熱のせいでブロックを出られず、こんな生活はすでに五週間になっていた。

検疫ブロックの病人は、板で囲った一角にまとめて押し込められていた。恐ろしいほど不潔だったが、部屋の中をぞろぞろと歩き回る人たちに踏まれないという利点もあった。もっとも、ポーランド人やロシア人が病気になると、いろいろと厄介なことが起こった。患者は当然のように、汚い病人用の一角ではなく階下のベッドに寝ていたいと言う。だが感染の危険がある以上、部屋にとどまることは許されない。扁桃炎で熱が四〇度出ているとしても、それが猩紅熱の症状ではないとは言い切れないからだ。それを聞くと、患者は部屋長と少し話をし、部屋長はブロック長と話をつける。すると、ハンスがどんな指図をしても、患者は移動しなくてもよくなった。

衛生学的に言えば、階下の部屋で過ごすべきではない。ただ、患者の立場に立てば、屋根裏部屋に移りたくないのも理解できた。落ち着いて休めないうえに、新鮮な空気もない。手厚く看護してもらえるわけでもない。

包帯などほとんどなかったし、薬はもっと少なかった。ハンスは二日間にアスピリンを三〇錠もらえた。一二〇〇人に三〇錠。これだけ大勢の人間が詰め込まれていて、病気でない人がどれだけいるだろうか。実際、この三〇錠を手に入れるのにも一苦労だった。病院長デーリングのところに行かねばならなかったからだ。

屋根裏の「病室」で横になっている病人には、熱が高い者、のどが痛くて何日も食事をとれていない者がいた。検疫棟ではなく病棟で病人食は用意してもらえるのだが、それにはブロック長の証明が必要で、当のブロック長はそんなことに割く時間はないと取り合ってくれなかった。そういったことを差し引いても、翌日にハンスがしたことはまったく愚かだった。ブロックの状況が改善されないことと、ブロック長に殴られたことをデーリングに言ってしまったのだ。

最初のうち、デーリングは怒鳴り散らした。ブロック長が医師を殴りつけるとは、何たる恥さらし、病棟全体に対する侮辱だ。しかしここでブロック長本人が登場する。そしてポーランド語で短く言葉を交わすと、デーリングは落ち着きを取り戻した。わかった、この件はこちらでもう少し検討する。

一時間後、ハンスはデーリングに呼び出された。「手際が悪い。明らかに力不足だな。もといたブロックに戻れ」

ハンスが第九ブロックに帰ると、事件のことはもう知れ渡っていた。医師長のジェリーナがからかう。ずいぶんいいようにされてきたんだな。

ハンスはヴァレンティンの下で働くことになった。外来局の主任だ。

「まだ運がよかったよ。デーリングがもしそのまま医官に報告していたら、炭鉱に直行だったはずだよ。まあ、今日でおしまいか、来週までか……」

「何のことですか？」

「おや、まだ知らないんだね。いなかったんだから当たり前か。〈看護夫削減〉、いや失敬、〈看護夫移送〉のことは聞いていないか？」

「いったい何ですか？」

「来週、看護夫が六〇人ブーナに行かされる。新しい病院ができるって話だ」

「悪いことじゃないでしょう」

「やれやれ、君はどこまでうぶなんだ。看護夫や医師としてブーナに行くことにはなっている。だけど病棟には誰も行かないのさ。行くとしたら、患者としてだな。その前に死にそうになるぐらい働かされるんだよ」

どうもまずい状況だった。ハンスは収容所に来てまだ日が浅い。ここで長い抑留者がハンスより先に移送されるとは思えなかった。夜になってから、ハンスはエリ・ポラックとクレンプフナーを相手にこのことを話し合った。クレンプフナーはチェコ人の医者で、二階の病室を担当している。もう四年もあちこちの収容所にいて、かなりの事情通だった。

「心配するな。このブロックからは一〇人移送される。でも君たちはそこに入らない」

「どうしてわかる？」

「名簿を作るのはジェリーナだ。彼は君たち二人のことを高く買っている」

「どうかな。検疫ブロックであんなへまをやらかしたんだから、ぼくのことはそうでもないんじゃないか」

「そんなこと言うな。君は間違ってないよ。あまりにも正攻法でいきすぎたけどね。道義的に許せないというのもよくわかる。患者のことを考えたんだよな。それがブロック長の癇《かん》に障った。奴の仕事が増えるからさ。でもジェリーナはいい人だし、何があったかちゃんとわかっている。ポーランド人をひとくくりにするのはどうかと思うよ」

クレンプフナーの言った通りだった。それから二、三日後、ジェリーナがハンスに耳打ちした。大丈夫だ、君とエリは残す。オランダ人はまともだから。それでもオランダ人の犠牲者が二人出た。トニー・ハークステーンとヘラルド・ファン・ウェイク。ジェリーナがこの二人を救えなかったのも無理はない。医者ではないし、ここではいちばんの新入りだ。トニーは周囲の受けが悪かった。怒りっぽく、患者に対してよく声を荒らげたし、ほかの看護夫と衝突することも多かった。一方でハンスは、ヘラルドのことを本当に気の毒に思った。心優しく頭がよい青年だ。体はあまり強くなく、すでに何度か喀血していた。

「ぼくたちをどうするつもりかな？」

「うん、向こうで新しい病院に行くらしいよ」

本音ではなかった。だがヘラルドをもっと動揺させたところで何になっただろう。

看護夫たちは水曜日にブロックを出ていった。全員入浴し、「新しい」服に着替えた。よくない兆候だ。看護夫や医師がこれまで通りの仕事を続けられるのなら、清潔な制服を、ぼろと取り換える必要はない。

木曜日の午後、ハンスはスープ鍋を第一〇ブロックに運んだ。女性たちはちょっとびくびくしていた。その日の朝、ザームエール教授が医務長の命令で仕事場から連れ出されたのだという。医務長とは、アウシュヴィッツ所属のすべての医官を指揮下に置いているSSの医師、ヴィルツのことだ。噂によれば、ザームエールはビルケナウで今後の実験材料となる女性たちを選別するよう命じられたらしい。第一〇ブロックの女性たちは、自分たちはお払い箱になり、収容所の外の労務班に送られると考えはじめたのだ。実験に耐えたのに、結局は砂利坑で働かされて死ぬことになるなんて。

ハンスは、それはないと言ってフリーデルを安心させた。

「ここ数週間、ザームエールはクラウベルクと揉めている。ザームエールはもっと大勢を助けたいらしい。それで、ブロックで働いていて、自分のリストに名前が載っているという意味で〈資格のある〉女性四〇人はクラウベルクの実験の対象としないように医務長に頼んだそうだ」

「ありえるわね。とにかくいろんな話が入ってくるから。昨日はブリューダがシルヴィアとものすごい言い争いをしたの。シルヴィアはクラウベルクの助手、嫌な子よ。ひと月くらい前、職員も実験の対象になるって言っていたわ。あんな性格の子が二、三年収容所で過ごして、何かの力を手に入れたら、自分も抑留者だってことを忘れてしまうのね」

「ブリューダって誰だい？」

「いまのブロック長。医者だけど、実験がなるべく失敗するように細工しているわ」

ハンスはクレンプフナーの考えを聞こうと、第九ブロックの二階に行った。

「もしザームエールがビルケナウで射殺されるようなことがあれば、ブリューダもブロック長を首になるな」

「そうしたら、職員もやはり実験に使われる？」

「たぶんな。だけど、それではまずいのか？　ザームエールが新しい実験材料を探しに行ったという話よりはましじゃないか。ビルケナウに送られるなら注射のほうがいいぞ。実験はそこまでひどくない。いや、ギリシャ人の若い娘たちは確かに散々な目に遭ったけど、クラウベルクの被験者で死亡した例は一件だけ、あとは腹膜炎が二、三件だ。不妊化した割合はまったくわからないが」

ハンスは、どんなことでもビルケナウよりはましだという点では、クレンプフナーと同じ意見だった。だが、実験は〈そこまでひどくない〉という言い方には賛成しかねた。

「実験のために採取されるのがたとえ髪の毛一本でも、犯した罪の重さは本格的な手術と変わらない。罪の種類を決めるのは、実験の残酷さではなくて、どれだけ強制されたかだ。もし実験が残酷でないなら、抑留者に参加を強制する必要はないはずだ。罪のない研究をしたければ、ふつうの病院で協力者を募ればいい話だ。だから、抑留者で実験をしているのはそれだけで何かある。経済学の理屈だと、労働者は資本主義の進歩の犠牲になりがちだ。それでも、ＩＧファルベン（ドイツの化学企業。ナチ政権に接近し、有毒ガス「ツィクロンB」を製造。アウシュヴィッツではブーナで抑留者を強制労働させていた）がここにいる女性たちの健康を犠牲にして会社の発展を目指すというのは、いくら近代資本主義を主張しても、ドイツ以外の国では絶対に認められるはずがない」

「まったくだ。ファシストは財閥の言いなりだが、連中が財閥を守るのに前資本主義的なやり方を持ち出してくるのは目に余るな」

「どういう意味だ？」

「権力の構造を考えてみろ。封建制度そのままじゃないか。収容所のしくみだってそうだろう。収容所は公爵領みたいなものだ。収容区長が領主で、ＳＳの保護を受けている。収容区長は特権を与えて領地を支配する。自分の権力を振るうわけだ。ブロック長は伯爵。支配する領土が狭いから、〈融通〉もお手のもの。ブロック長の下で働く人間は、さしずめ下級貴族だ。家臣を脅して思い通りのことをする。ここのブロックの玄関番がそうだな。ふつうの病院なら、玄関番は働きに応じて給料をもらう。だけどここの玄関番はちょっとした権力者じゃないか。誰かを通してやるときは、必ずたばこ一本なり何なりを要求する。患者のためにすることにも、すべて謝礼が必要だ。そうやって自分の利益を追求している。権力などない庶民だけは、スープ一リットルとパンひと切れでくたばるしかない。こんなにも未熟な権力と権利の関係があるか。まったくもって非民主的。封建的だ」

ハンスが一階に戻ろうとした時、誰かの声が聞こえた。

「おおい、ファン・ダム。お前もここにいるのか？」

ベッドの中段に、青年が横になっていた。背が高いが、骨と皮ばかりに痩せて、体を起こすこともできない。「レックスじゃないか、いつからいるんだ？」

レックス・ファン・ウェーレンはジャズトランペット吹きだ。ハンスも一緒に演奏したことがある。

「ジャック・デ・フリースもここにいるぞ。知ってたか？　炭鉱班で働いてるよ。それから、マウリス・ファン・クレーフはビルケナウのオーケストラにいる」

「ほんとか？」

「ビルケナウだと、ユダヤ人がオーケストラに入れるんだ。有名なオランダ人が何人もいるよ。ジョニー・アンド・ジョーンズの二人とか、ハン・ホランダーとか」

ハンスとレックスは思い出話にふけった。レックスはヤヴィショヴィッツ炭鉱での仕事のことも話した。

「二人一組で、手押し車を一日に四〇回いっぱいにしろって言われる。民間人労働者と同じ量さ。だけど連中は炭坑で働くのが本職だからね。こっちはつるはしの扱い方もわからないし、石炭なんて掘れるわけがない。それはつまり殴られるってことだ。初日はたったの五回しかいっぱいにできなかった。あんまり少なすぎて、サボタージュにみられたけど、本当にあれ以上は無理だったんだ。罰として、その夜は直立房《シュテーブンカー》に入れられた。地下室なんだが、天井が低すぎてまっすぐ立っていられない。そうかといって横にもなれない。床に何センチか水がたまっているんだ。だから、一晩中真っ暗なところで、体をかがめて立ったまま。次の日は当然ぼろぼろだ。働くどころじゃない。そしたらまた殴られて、別の罰が待っている。あんな毎日に耐えられる奴はいないよ。民間人にはふつうの食事が出て、炭鉱労働者向けの追加もある。でもぼくらはパン一日分とスープ一リットルでしのいでいた。連中は家に帰れば休める。寝てもいいし、ちょっと飲みに行くことだってできる。こっちは仕事から戻れば点呼だ。ひざを曲げろ……泥の中に腹ばい……立て・伏せ・立て……これが何時間も続く。それが終わったらバラックで、板張りのベッド一つに八人が寝る。休めるわけがない。おまけに寒い。朝四時になると起こされて、また同じことの繰り返しさ。病気になっているひまはないよ。下痢？　仕事だ。熱？　さぼるな。ほとんど死にかけるまで休むな。ずっとこんな調子だ。それに、あの炭坑の中がすごく危ない。抑留者が作業する坑道はむき出しで、安全対策みたいなことは何にもされてない。それでしょっちゅう事故が起こる。事故があればみんなの手が止まるから、間が抜けているんだけど。ぼくらは半年前にオランダから一〇〇〇人で来た。男が三〇〇人選ばれて、残りはたぶんガス室送り。その三〇〇人で炭鉱に行かされて、いま生きているのは一五人くらいかな。ぼくは運がよかった。ある日、収容区長が古いホルンを持ってきた。どうやって手に入れたかは知らないけど、トランペットを本当に吹けるのかと聞いてきたんだ。だから連絡指導者の前で『きよしこの夜』を吹いた。ちょうどクリスマスの時期だったし。そしたら夜通し同じ曲をせがまれた。だからずっと『きよしこの夜』を吹いていた。直立房の夜を思い出しながらね。まあでも、そのあと部屋係になれて、炭坑に下りなくてもよくなった。バラックの掃除とか、パンを取りに行くとか、そんな仕事をしているよ。たまにお偉方の前で演奏すれば、余分の食べものももらえるし。ここでは、ものすごい幸運を引き当てないといけないみたいだね。そうでないと容赦なくひねりつぶされる」

「まったくおっしゃる通りでございますな」

わざとらしく気取った声が、上のベッドからした。ハンスが応じる。

「どちらのひょうきん者さんでしょう？」

「メンコと申します。ひょうきん者ではありますが、笑いの種はSSです。一九四一年一月から収監されています」

ハンスは信じられないという顔をした。

「四一年の一月だと、ポーランドへの移送はまだ始まってなかったはず」

「そう、移送はまだでした。私はフーゼン（オランダのレジスタンス活動グループ）の仲間と一緒に捕まって、四一年の裁判で死刑を宣告されたのです」

「それならここで何してるんだ？」別のオランダ人が割り込んできた。

「はは、そちらさんもひょうきん者とみえる。笑えない冗談ですが、質問にはお答えしましょう。私は少なくとも一二の刑務所を渡り歩き、各地の収容所も同じだけ経験しています。もっとも、死刑囚にはよくあることですが、いくら待っても刑が執行されないのです。いちばんひどいのはブーヘンヴァルト。あそこには私みたいなのが何百人といます。時々、〈夜と霧収容所〉ナッツヴァイラーへの移送がありますが」

「どうして〈夜と霧収容所〉なんて名前なんだ？」

「まあしばらくお待ちを。ナッツヴァイラーでは、夜が明けはじめる頃、つまり〈夜と霧のあいだに〉死刑が執行されます。謎めいたというか、邪教的なものがありますが、貴種ゲルマン人にはこんな原始的な性向がよくみられるものです。じつは私もナッツヴァイラーに移送されるはずでした。ところで、ブーヘンヴァルトでは、事務管理のようなだいじな部署に政治囚が入り込んでいましてね。ある時、昔はオラニエンブルクと言いましたが、ザクセンハウゼンに職人を移送することになりました。そこで、その集団にできるだけ多くの死刑囚を紛れ込ませたのです。その後も紆余曲折を経て、私はアウシュヴィッツに流れ着き、ここでそれなりにやっています。先週、この〈イスラム教徒《ムーゼルマン》〉と化した体で選別に引っかかりました。番号を控えられた翌日にお迎えが来ましたが、この時もまたいたずらを仕掛けたんです。つまり私は、カード目録では、私はユダヤ人ではなく、保護拘禁者として登録されているのです。つまり私は、ここで煙となって消える何百万の名もなき人々とは運命をともにしない。私については公式の書類があり、裁判が行なわれている。私は死刑が執行されなければ死ねず、それでいてアウシュヴィッツで刑が執行されることはない。つまり、私がユダヤ人として勝手にくたばるのを待っているのでしょうな」

ハンスが引き継ぐ。

「そんなことはよくありますよ。ビルケナウにボアスとかいう人がいる。アムステルダム出身のフランス語の先生です。書類を偽造してイギリス海峡の沿岸で労働者の通訳をしていた時、友達二人と一緒に捕まり、スパイ裁判で全員死刑の判決を食らった。友達二人はユダヤ人であることを黙っていたのですぐに銃殺されたけれど、ボアスは自分がユダヤ人だと認めました。すると、SSの将校がこう言ったそうです。『おいユダヤ人、お前はアウシュヴィッツ行きだ。向こうでどうぞ死なせてくださいと泣きつくんだな。そのくらいひどいところだ』ボアスはいま悪くない労務班にいて、この先も運が続けば生き延びられるでしょう。でもそれはユダヤ人だからなんです」

看護夫の数がずいぶん減ったせいで、ハンスの仕事はかなり増えた。起床の鐘から就寝の鐘まで、休む間もない。朝早く起きたら、まず鍋当番。お茶を取りに行き、配り、椀を洗う。その次は寝具の整頓。そうこうしているうちに部屋長が床の掃除を始める。清掃の作業は八時までに終えなければならない。衛生兵《SDG》が点検に来るからだ。

そのあとにはブロックの雑用が待っていた。ある日は廊下の大掃除を命じられ、水洗いして磨き、拭き上げる作業に午前中いっぱいかかる。別の日は汚物監督の手伝いで、便器をこする。石炭置き場に石炭を補給する作業もあれば、二階の病室でまたシラミが出た、駆除しろと言われることもある。仕事はきつかった。ブロック全体で病人は四〇〇人。対する看護夫はわずか三〇人で、しかもその半数は〈特別抑留者《プロミネント》〉。つまり、ポーランド人や帝国ドイツ人、それに収容所暮らしが長く、できるだけたくさんの食べものを〈融通する〉ことしか考えていない連中。残りのうちで力仕事ができるのはせいぜい一〇人というところだ。忙しくしていると昼のスープの時間になり、朝の手順がまた繰り返される。

ある日、スープのあとに第二一ブロックから使いが来た。運搬班の呼び出しだ。三〇人が集合し、荷車なしで出発した。行き先はクレマトリウム。収容所から二〇〇メートルのところにあるが、いまはもう使われていない。絶滅収容所ビルケナウが開設され、アウシュヴィッツでの死亡者はすべて自然死となったため、夜のあいだにビルケナウの焼却炉までトラックで運ばれる死体の数も減っていた。

クレマトリウムの中のひと部屋では、ブリキの缶が山積みになっていた。火葬されたポーランド人の遺灰が入っているという。ユダヤ人とは異なり、〈アーリア人〉の遺体は一人ずつ別々に火葬されていた。番号を書いた石を置いて焼き、灰はブリキの缶に納める。そして死亡通知を受け取った遺族は遺灰を請求できる。とはいえ、引き取り手のない缶はいまや四万個になっていた。これを別の部屋に移すのが、今日の仕事だった。

男たちは、大きな焼却炉が三つある地下室の空間を横切って並んだ。そしてチーズやパンのかたまりを扱うかのように、ブリキ缶を順々に手渡していく。その数時間で、かつてないほど多くの「死」がハンスの手を通りすぎていった。缶はどれもさびつき、落とすと簡単に割れた。だが別にかまわない。箒で掃き集めて終わりだ。この先、遺灰を引き取りたいという人が現れるはずはないのだから。

ブロックに戻ったのは点呼が始まろうかという頃だった。点呼といってもほんの数分だ。整列するとSDGが来て、ブロック長の報告。「第九ブロック、看護夫三一名、点呼のために整列しました。病人はおりません」そこでSDGが合図をし、解散となった。

点呼のあと、ハンスは二階の外来局でドクター・ヴァレンティンを手伝うことになっていた。だが階段でひと悶着が起きた。いつものごとく神経質なジェリーナが、木のサンダルを履かずに便所に行こうとしていた男に怒って食ってかかったのだ。裸足で便所に入ることは固く禁じられている。ジェリーナは発作的にそいつの顔を殴りつけた。ところが男が泣き出すと、心優しいジェリーナは殴られた本人よりも動揺してしまった。階段を駆け降り、パンをひと切れ持って戻ってくる。家から送られる小包に入っていた、ちゃんとしたパンだ。そしてそれを男に渡したのだった。長年の収容所暮らしでジェリーナは確実に変わっただろうが、それでも彼の心根はまだ腐っていない。

外来局のヴァレンティンはまわりに当たり散らしていた。彼は〈半ユダヤ人〉で、昔は海軍医だったという。悪い人ではないが、生粋のプロイセン人だ。ちょっとしたことで相手かまわず大声を上げる。ただし、怒鳴られたほうがびっくりして視線を泳がせると、今度は笑い出すのだった。

「おや、来たか。オランダの家は納屋みたいなものだから、出入口は筵《むしろ》をつってあるだけなんだろう。だからオランダ人は扉を閉めることを知らないんだな。おめでたい奴らだ。ひょっとして、ブーナに行った看護夫は病棟で働いていると思っているのか？　知らせが来たぞ。全員、収容所の外の労務班に回された。それで……」

ヴァレンティンはここで言葉を切り、手当ての応援に集まった医者数人に言った。

「ちょっと一緒に来い。見ておいたほうがいい」

こうして、ハンスたちはある患者のベッドを囲んだ。しゃっくりがひどい。

「こんな状態が三日続いている。しゃっくりはどうやっても止まらない。それに熱も高い。この一週間は夜になると四〇度近くまで上がっている。何だと思うかね？」

ヴァレンティンにうながされ、みなしばらく考えた。ハンスが口火を切る。

「髄膜炎の可能性があると思います。脳膜に炎症があれば、神経が刺激されて、しゃっくりの症状がみられることもよくありますし」

「違う。これは紅疹が出ない発疹チフスだ。たまにある。この患者は感染が発生した収容所から来た」

「この病室に寝かせておいて平気なんですか？」フランス人の医師が質問する。

「まったく問題ない。この病棟はいまのところシラミがいないし、患者本人も徹底的に消毒した。それはそうと、この患者について上に報告をするつもりはない。発疹チフスの患者がいるとわかって、そのブロックまるごとガス室送りになったことがあるのは知ってるだろう。だから絶対に誰にもしゃべるな」

外来局の診療はそれから始まった。裏玄関から患者が入ってくる。手当てを受ける場所に応じて、シャツを脱ぐか、あるいは胸の上までまくり上げるかして順番を待っている。たいてい腫れ物やおできだが、かなりひどくなっているものも多かった。何より困るのは、紙を巻きつけるしかできないことだ。半時間もすると、外来局には耐えられないほどの悪臭が立ち込める。また、少ない薬の中から疥癬《かいせん》の治療薬〈ミティガル〉を使うと、どこもかも汚れてべとべとになる。

突然、エリが駆け込んできた。「カルカーが死んだこと、聞いたか?」

衝撃だった。「だめだったのか?」ハンスが聞く。

「とてもじゃないが買えなかったよ。サルファ剤（感染症の治療薬）がもっと要ったけど、そんなに都合できるオランダ人はいなかった」

ハンスとエリがしばらく話していると、ヴァレンティンの雷が落ちた。

「茶飲み話は茶を飲みながらやれ。何もかも私が面倒をみる羽目になるのは、わが家なら我慢もしよう。だがここでそんな役目はお断りだ」

その時ちょうどブロック長が顔を出した。四人必要だと声がかかる。ハンスは外来局を出て、SDGと一緒に第二一ブロックに行き、診察用の椅子を一脚売春宿まで運んだ。目指す建物の前はかなり混雑していた。帝国ドイツ人とポーランド人の長い列ができている。ユダヤ人は入れない場所だ。

まだ営業時間前で、二階では女性たちが当番の医師や看護夫とひとかたまりになってしゃべっていた。医師は客が入ってくるところに陣取り、（労務の報奨として受け取った）ライヒスマルクで支払いをすませた客に注射を一本打ち、左腕にスタンプを押す。一五分後に部屋から出てきたら、また注射を一本打って、今度は右腕にスタンプを押す。出口にはSS隊員が立っており、両腕にスタンプがあるかを確認する。こうして性病の蔓延《まんえん》を防いでいるのだった。

女性の一人がハンスの耳を引っ張って言った。

「何してるのよ、ここに来ちゃだめでしょう？」

「お仕事がんばってね。ぼくもがんばるよ」

「はいはい、わかってるわ。働けば自由になる、クレマトリウムが待っている！」

ブロックに戻るともう夜も遅かったが、ハンスにはまだ寝る前に部屋を掃く仕事が残っていた。だが途中でブロック長が来て、就寝の鐘はとっくに鳴ったのに、まだ明かりがついていると叱った。ハンスは手早く服を脱いでベッドに潜り込む。長い一日だった。一六時間ぶっ通しで働いていたのだ。何のために？　ハンスが眠りに落ちるまで、頭の中で売春婦がたたいた軽口がしばらくこだましていた。

「働けば自由になる、クレマトリウムが待っている！」

時は流れた。ハンスとフリーデルは山あり谷ありの日々を過ごしていた。選別のたびに誰か友人が姿を消し、二人は悲しみに沈んだ。トラックで運ばれていくのは、病が進行して、あるいは労務班で酷使されて死を待つばかりの者だけではなくなっていた。収容所の中で仕事をしていても安心はできなかった。アウシュヴィッツの労働力は絶えずほかの収容所に送られていた。ましな労務班で働いていれば移送されないという保証はなかったし、またそんな人はよそで長く持たなかった。炭鉱の作業に誰が耐えられただろう？　一日一四時間、ほとんどずっと腰まで水につかって砂利をさらうことが誰にできようか？　殴られても我慢し、感染症にもかからずにいられる人間がいるものだろうか？

春が来て、鳥の姿もちらほらと見えだした。鳥たちは、あえてシレジア地方の片隅を目指し、寒々と気が滅入るような天気の中を飛んできたらしい。ただし、春の訪れとともに太陽が顔を出すようになったのは確かだ。生気の源。その力はあらゆるものにしみ込む。有刺鉄線も壁も、SS隊員でも、太陽をさえぎることはできない。

太陽のおかげで、死を運命づけられた人々の内面にも再び活気が生まれた。光をいっぱいに受けようと固く締まったつぼみから若葉が現れるように、新たな希望が芽を吹く。空気は水気を含んでやわらかく、空は抜けるように青い。春を感じて胸が高鳴る。よどんでいた血がまた熱く流れはじめ、緑鮮やかな野原を渡るそよ風と一緒に、体の中で魂が揺れている気がする。どこかわくわくする感覚。太古の昔から続くものであるにしても、魂まで凍る厳しい冬を越したいま、初めて体験することのようだ。

ハンスとフリーデルは、それぞれのブロックの窓からお互いを見つめ、山並みを眺める。どちらにも近づくことはかなわない。二人は自分たちをアダムとエバになぞらえる。といっても、二人はエデンの園から追放されたわけではない。そこに足を踏み入れてもいないのだから。募る思いに深いため息をつくと、二人の魂はとらわれの身を離れ、はるか彼方へと漂いはじめる。

そこでほんのつかの間、収容所は存在しなくなる。惨状はかき消え、有刺鉄線と壁も姿を消す。二人の魂はひとつになり、さらに宇宙のすべてとも結びついたまま、川を渡り、沼地を抜けて、地平線の向こうに広がるあの約束の地に押し寄せる。そこで二人が再び見つめ合えば、浮かび上がるのはあのひと言だ。互いに口には出さないが、それでも二人を分かつ距離を越えて聞こえる言葉。「いつ？」

自由へのあこがれ。それが満たされるのはいつだろう。いつになれば自由に愛を育むことができるのだろう。二人一緒に自由になること。そんな日が来るとはとても思えない。そろって死の収容所に閉じ込められていることを考えるたびに、二人は心底ぞっとするのだった。空想の高みからブロックの現実に意識が戻ると、フリーデルの指は金網にきつく巻きつき、ハンスの手は窓枠を握りしめている。まるで目の前に立ちふさがる何かを精いっぱいの力で壊したいとでもいうかのように。

そして、二人はまたため息をつく。だが、これは楽園へのあこがれから出るものではない。二人そろった理想郷の暮らしは、とてもかないそうにない。そのことへの未練と悲嘆の表れなのだ。

その夜、ハンスは具合が悪くなった。点呼のあとすぐに横になり、外来局から体温計を借りてきてくれるよう仲間に頼んだ。熱はほとんどない。春の陽気のせいで調子を崩しただけだろう。

とはいえ二、三日体を休めるのも悪くないかもしれない。パウルと揉めることはないはずだ。パウルは恋をしていて、この何週間か、自室の窓際に座ってオランダ系のユダヤ娘の姿を追っている。相手のほうも、もの柔らかな年配の男に親切に応えている。パウルは恋に落ちて以来、本当に情け深くなった。実際、看護夫をいじめたり、叱りつけたりすることがなくなったのだ。パウルにとって、これは真実の愛だった。哀れみ深い、偽りのない愛。

パウルはハンスと同盟を結んだ。ハンスは、第一〇ブロックに行ったときにパウル宛ての手紙や差し入れを預かってくる。そしてパウルは、なるべくハンスのしたいようにさせる。だからハンスが何日か〈病気〉で休んだとしても、文句をつけられる心配はなかった。

ハンスはフリーデルに手紙を書いた。二、三日休む、心配するな。それを鍋当番にことづけた次の日、長い返事が届いた。

ハンスへ

ちょっと休むと聞いて安心しました。あくせく働くのをやめてくれてよかった。二、三日なら、顔を見なくても、差し入れがなくても大丈夫です。

昨日は特別な日でした。ずいぶん前からブロック長に頼んでいたけど、昨日やっと薬草班に行けたの。出発は朝八時。かなり歩いて、ビルケナウの近くに行きました。

ロッテ・スパーテルを見かけたわ。先月うちのブロックから連れて行かれた子たちも。実験が無事にちゃんと終わった子、失敗した子、いろいろです。ロッテやフランス人の共産主義者の連中のように、実験を拒否してビルケナウに送られた人たちもいました。

そうやって七〇人が移送されたのは三週間前の話。だけど、ビルケナウで見たみんなの姿はひどいものでした。信じられないほど変わってしまった。頭は丸刈りで、裸足。体には麻袋を巻いて、縄で縛ってあるだけ。あのね、ハンス、あれはもう女性ではありません。動物、性別のない生き物です。オランダ人はまだそこそこに見えたけど、時間の問題でしょう。

ロッテとは少しだけ話ができました。ご主人のハイニに手紙を走り書きしたけど、すぐに看守が寄ってきて、ロッテはたたかれてしまいました。だからそこでまた石運びの作業に戻ったの。やっぱりあなたの言う通りだった。もし私がビルケナウに送られたら、長くは生きられないと思う。いまでもこれだけ咳がひどいもの。

すごくいいお天気で、森に入って薬草を探しました。カミツレとか、ほかにもたくさん。薬草茶を作るのよ。本当に楽しい時間でした。短い茎一本、小さな花一つにも春を感じました。収容所の中はまだ乾ききっていてそんな気配すらないけれど、森は生き生きとよみがえっています。鳥たちもいるし、枝には新芽もふくらんでいるわ。

収容所に帰ったのは午後も遅くなってからでした。くたくたに疲れました。慣れないことをしたからね。

夜になって、恐ろしいことが起こりました。じつは、昨日の午後は即決裁判があったの。〈裁判官〉が車三台で乗り込んできました。近くの村でポーランド人三〇〇人以上が検挙されたそうです。住民全員ということだけど、そのうち無罪になったのはたった二人でした。

夜になって処刑が実行されました。全部聞こえた。第一一ブロックの中庭といっても、監獄《ブンカー》はすぐ隣だもの。そちらに面した窓は板でふさがれていて、誰も隙間からのぞいたりしないようにブロック長が目を光らせていました。もし見つかったらその窓を狙い撃ちされていたでしょうね。

第一〇ブロックの雰囲気はこれまでにないほど悪くなりました。部屋係はそろって怒鳴り散らしていたし、書記は一分と間をおかずに誰かを殴りつけていた。この人たちは全員スロヴァキア人で、長くビルケナウにいたの。もちろん向こうでひどい目に遭ったのはわかるけど、いまはここに来て、私たちもひどい目に遭うべきだと思っているのね。「ビルケナウだったら、あんたなんかとっくにくたばってるよ」と二言目には言うし、とにかく乱暴なやり方を受け入れろというわけ。例の腹いせの連鎖ね。

七時になって、処刑が始まりました。みんな本当にびくびくして、部屋にはうっとうしい空気が満ちました。一斉射撃の音を聞くのは身を切られるようにつらかった。それがすめば次は自分たちだと思うくらい。そのくらい衝撃でした。

まず命令の声があって、射撃。そのあと死体が引きずられていく音。これが何度も何度も。処刑される人の声も聞こえました。自分はまだ若い、まだ死にたくない、って泣いて頼んでいる女の子がいた。「ヒトラーに死を！」「ポーランド万歳！」とか叫んでいたのは男の人たち。

とにかく、ブロックの雰囲気は近ごろとてもひどくなっています。春になったせいもあるけれど、女ばかり二〇〇人、薄暗い部屋に閉じ込められて、呼ばれるのを待っているだけというのもね。呼び出しはすごく増えました。何をやっているか少しわかってきたから、そのことも書いておくわ。シューマンの実験は知ってるでしょう？

これにはギリシャ人の子たちが呼ばれました。一七歳くらいの女の子が、お腹とお尻に板をあてて、超短波の電波をかけられるの。それで卵巣を焼くんだけど、電流でひどいやけどをするし、ものすごく痛がっていた。やけどが治ったら開腹手術をして、臓器、特に卵巣の状態を確認するそうよ。

スラーヴァに聞いたけど、狂気の沙汰だって。ここで簡単に不妊化する方法を見つけて、ポーランド人やロシア人に使うつもりなんでしょう。でも、事情が変わればオランダ人にだってそうするかも。だけど、これだと女性は不妊になるだけじゃなくて、卵巣も失ってしまう。

実験のあと、あの子たちはビルケナウに行ったけど、ひと月後に戻ってきてまた手術を受けました。シューマンはその後の様子を見るために卵巣を切除したのだけど、二時間一五分で九人の手術。考えられる？　途中で器具の消毒は一度もしなかったらしいわ。

ザームエールの実験のことは、あなたのほうがくわしいと思います。結局、ほとんど全員が実験対象になったの。だから四〇〇人くらい。みんなすごく痛がっていました。これは知っているわよね。ちょっと粘膜を採るだけ、なんていうのはうそに決まってます。だって、そのあとがたいへんで、結局みんな縫っているもの。

シューマンの研究が失敗すると、クラウベルク教授が来ました。有名な婦人科医で、カトヴィツェに住んでいるそうです。教授の実験では、白いセメントのような液体を子宮に注射されて、そのままレントゲン写真を撮ります。リピオドールの代わりになる造影剤を探すため。ドイツではX線検査で使えるヨードがないんですって。本当かどうかはわかりません。じつは不妊化の方法に何か関係があるのかもしれません。嫌なこと、今日はこのくらいにします。楽しいことが書かれていないって怒らないでね。でも、何でもちゃんとわかりたいのはあなたのほうでしょう。じゃあまた、ゆっくり休んでね……

そのあとには、甘く優しい言葉がいくつも書き連ねられていた。それを読んだハンスは、またあの苦しいほどの恋しさに襲われ、体を起こした。ベッドから出て服を着る。午後二時半、スープの当番はもう終わっている。それでもハンスはフリーデルの顔が見たかった。言葉を交わし、慰め励ましたかった。

第一〇ブロックの玄関扉は開いていた。玄関番の姿もない。ハンスは一瞬ためらったが、初めて鍋を持たずに中に入った。廊下にいたオランダ人女性がフリーデルを呼んできてくれる。なのに、二人が向き合ったかと思うと、玄関番が部屋から飛び出してきてわめきはじめた。真っ昼間から何を考えている！　それでも、彼女にほんの少しの自制心があったなら、その場は収まったはずなのだ。ところが玄関番の声はあまりにも大きく、まずいことになるのは時間の問題に思えた。ハンスは落ち着きを失う。すると突然、ゲーベルが目の前に立った。

ドクター・ゲーベルはちびで痩せている。軍服ではなく、ふつうの乗馬ズボンをはいているが、細く頼りない足には全然似合っていなかった。軽い上着を羽織り、一目見た印象は、掘り出し物を手に入れた小役人というところだ。だが彼は女性たちに嫌われ、また恐れられていた。

クラウベルクはたまに常識のあるところを見せた。実際、何かの理由をつけて注射はやめてほしいと頼んできた女性には実験をしないこともよくあった。その点ゲーベルとは違う。ゲーベルはここに姿を見せるようになって二週間だが、まるで第一〇ブロックの監視員として着任したかのように振る舞っていた。何にでも口を出し、どんな女性にも情け容赦なく実験を強制する。ドクターといっても医師ではなく、化学者だ。勤務先のIGファルベンは一連の実験に資金を提供し、新製品で一儲けしようとたくらんでいる。ゲーベルはがさつで嫌味な男だった。それにどうにも小胆なところがあった。人の上に立つ器ではないのに、急に大勢を動かす力を得た者によくみられることだが。

「こちらの殿方は、ここをカジノか何かだとお思いかな？」

ふだんのハンスなら、何かを言いつくろうところだが、その瞬間は憎悪が燃え上がった。このちびを地面に蹴倒してやりたいという衝動を抑えこむのに必死で、しどろもどろに意味不明の音を発するしかできなかった。

「ふん、まあいい」

相手は居丈高《いたけだか》に言い放ち、ハンスの左胸の番号を控える。ハンスは黙って立ち去り、このことは誰にも話さなかった。次の日の朝、パウルがやってきた。

「おい、どういうことだ？　事務室から番号の連絡が来たぞ。〈出頭〉だと」

〈出頭〉。それは連絡指導者の執務室がある収容所の正門に出向くことだ。ブロック指導者の部屋の通路で待てと言われる。

連絡指導者カデュークがハンスを呼ぶ。「一五〇八二三号」

「参りました」

「ビルケナウ懲罰班に送致する」

ＳＳ隊員が迎えに来た時、ハンスはまだめまいがしていた。足は鉛のように重く、上等兵について歩くのに苦労した。アウシュヴィッツからビルケナウに向かう中ほどには、アウシュヴィッツ鉄道駅の降車場をまたいで立派な陸橋がある。そこからは線路の支線沿いに進み、五〇〇メートルも行けばビルケナウだ。線路と道路は、門を抜けて収容所の奥の大きな建物までつながっている。広大なバラックの海はその線で対称に区切られていた。線路に垂直に八本から一〇本の道が両側に延びている。それぞれの道をはさみ、三五から四〇のバラックが立ち並ぶ。収容所の左側はFKLと呼ばれる女性収容区。そして右側がビルケナウ強制収容所。FKLよりも環境がさらに悪く、強制労働とは名ばかりの収容区だ。クレマトリウムはここに四つある。

ビルケナウには二〇万人が収容されていた。彼らが敷地の中を勝手に動き回っていては、点呼や点検、食糧配給、労務班の管理は無理だ。このため、線路から横に延びる道は、両側のバラックを含めてひとつの収容所として扱われていた。区画ごとに番号か文字が与えられ、隣の収容所とは有刺鉄線で仕切られている。それゆえビルケナウでは、夫婦や母娘でも、お互いここで生きていると知らないまま数ヵ月経つこともあった。管理が厳しく、わずかに連絡が取れるのは隣の収容所だけだったからだ。

その一方で男女の接触は、収容所として規模が小さく見通しのよいアウシュヴィッツIよりもこちらのほうが多かった。命の危険はあったが、食事を運ぶ労務班を筆頭に、さまざまなきっかけで相手を見つける者が大勢いた。特にカポや職長の立場にある男たちは、女性と触れ合う機会に恵まれていた。女性の労務班であっても、男性の抑留者が監督を務める場合がかなりあったのだ。そして相当の数の女性も「裕福な」恋人がいる幸せをかみしめていた。それはたとえば、男のほうがパンを運ぶ仕事をしているので、パンには不自由しないという意味だったが。男の愛情への飢えを満たし、その返礼で食べものへの飢えを満たしていたわけだ。

ある夜、ハンスは以前ブーヘンヴァルトにいたことのある男に出くわし、アウシュヴィッツの悪弊について話し合った。抑留者の道徳的腐敗がここまで進んでいる収容所もないだろう。

「ブーヘンヴァルトでは、長い戦いの末、収容所の幹部を政治囚で固めることに成功した。SSの協力者も何人かいたくらいだ。緑の三角、だから筋金入りの犯罪者ってわけだけど、そんな連中がでかい態度をとると診療所に来いって通知がある。行ったら注射を打たれて一件落着さ」

「ここよりもずっとましってことか?」

「ブーヘンヴァルトでは〈融通〉はありえない。SSの倉庫から物を盗むことはあるが、それはみんなのためだ。調理人が厨房から何かを盗み出したら、そいつはその場で殴り殺される。パンのためにたばこを差し出した奴は厳しい罰を受ける」

アウシュヴィッツは違う。誰もが次はどうやって何をくすねようかと一日中考えている。しかも失敬するのはたいてい仲間の持ちものだ。点呼のあとの自由時間には闇市が立ち、何でも手に入る。

「ブーヘンヴァルトの政治囚は売春宿をボイコットした。オランダ人であそこに入った奴は一人もいない。それなのに、ここはどうだ。非ユダヤ人で売春宿に行ってもいい連中が通い詰めているじゃないか。それに、ここビルケナウで男と女が隠れてやっていることは、売春以外の何ものでもないね」

それは言いすぎだろう。ハンスは反論した。

「収容所の状況にふつうの社会の基準は当てはめられないよ。女のほうがパンひと切れやスープ一リットルのために体を差し出したとして、それを断罪すべきじゃない」

「でも、それこそ売春だろう？　色恋沙汰から妊娠して、子どもを産んだら男に捨てられるっていうのはよくあることじゃないか。それでにっちもさっちもいかなくなって、自分と子どもが食べていくためには売春するしかなくなるんだろう？」

仕事では一日中急き立てられた。ハンスは工事現場班だった。長い列を作り、ぶっ通しで石を運ぶ。石ではなく枕木のこともあれば、重い鉄骨のこともあった。肩の皮膚が激しくむけたが、殴られることはあまりない。本当の懲罰班はもうなくなっていたからだ。ぶたれたり蹴られたりはたまにあったものの、現場で誰かが殴り殺されるようなことはまず起こらなくなっていた。

一年前はまったく様子が違っていたそうだ。ハンスは現場でギリシャ人の男と一緒になった。その男は急に自責の念に駆られたのか、殴られて死にそうになっていた仲間に蹴りを入れたことがあると話しはじめた。その頃は、死体を点呼に連れて行く必要はなく、バラックの中に運ぶことになっていた。要するにこの男は瀕死の仲間を蹴りつけ、もう一人の友人とともにその死体を運び、半日体を休めたのだという。それだけではない。このギリシャ人の男は入院したことがあり、その時かなりの重病人の隣に寝ていた。意識を失っているようだったが、男がパンを取り上げると、哀れな病人は大声を出した。パンを盗んだことがばれれば半殺しの目に遭う。男は病人の口を手でふさいだ。だが病人はうめくのをやめない。力を込めて押さえに押さえ、とうとう病人の息が止まった。ハンスは、ブーヘンヴァルトの経験者に尋ねた。高邁な倫理観に立って、この男の話をどうとらえるか。ハンス自身は、収容所では生きるためならどんな手段も許されると考えていた。仲間の命が犠牲にならない限りは。

カトリック教徒のオランダ人が会話に加わった。医学生だそうだ。

「自分はイエズス会の信者ですが、神父さまからうかがったこんな話があります。男が二人、筏《いかだ》の上に座っていた。じつはその筏は一人の体重しか支えられない。男の一人がもう一人を突き落とし、水に落ちた男は溺れ死んだ。仲間を突き飛ばした男は罪を犯したのだろうか？　いや、罪ではない。一人が死ななければ、二人とも死ぬことになったからだ」

かなりご都合主義の論理だが、まあよしとしよう。ハンスはそう思った。ただ、ギリシャ人の話には当てはまらない。パンをひと切れくすねることで命が助かるわけではないからだ。この論でいけば、パンひと切れのために明日も誰かを殺さざるを得なくなる。そして明後日も。〈相手か自分か〉という段になると、誰でも〈自分〉と言うはずだが、収容所では違う。誰かを犠牲にして利益を得ることはできても、自分の命を救うことまではできないのだ。それに、キリスト教であれ人道主義であれ、どんな倫理体系においても、他人に大きな苦しみをもたらすことと引き換えに自分が利益を得ることは許されない。したがって、ギリシャ人の男がやったことは正当化できない。

こんな会話が交わされることはあまりなかった。というのも、その日の作業が終わって労務班が解散すれば、すぐに点呼があったからだ。点呼は半時間で終わることもあったが、二時間以上かかることもざらだ。春の陽気であろうと、雹《ひょう》がたたきつけるように降っていようと、一切関係なし。点呼がすめばパンを配る長い列に並び、さらにそのあとにはしょっちゅう点検があった。たとえば制服なら、縞の一張羅のボタンは取れていないか、そして靴は清潔か（つまり泥がついていないか）が調べられた。

ひとつひとつの要素を見る限り、ここの労務班の生活はなんとかなりそうだ。仕事はきついものの、耐えられないほどではない。殴られてけがをすることはあっても、殺されることはない。パンとスープは少ないが、とりあえず生きていくことはできる。けれど、これらが組み合わさるとひどいことになった。重労働に殴打に貧弱な食事。とても我慢できるものではない。いちばんひどいのは、休息がとれないことだ。仕事、点呼、点検、食事を取ってきて食べる。それでようやく板張りの寝台にヨーロッパ各地の出身者八人で寝転ぶと、ノミやシラミとの不毛な戦いが始まる。うとうとしたと思ったら、目が覚め、掻く。いや我慢しろ、動くな。シラミの好きにさせろ……また眠って、また目が覚める。隣で寝ている奴から文句を言われる。足を掻きむしる。血が出たようだ、これは傷になる。もう掻くんじゃない……それでもまた掻いてしまう。疲労困憊。少しも休めず、まったく惨めな気分になる。

スープばかり食べるのと、それに心臓が弱ってきているのだろう。夜中には下手をすると三回も起きなければならない。そのたびに三人の体を乗り越え、外の便所まで二、三〇メートル歩くことになる。便所といっても床板に四〇も穴をうがっただけの代物だが。バラックの外には番兵がいて、便所以外の場所で用を足さないように見張っている。見つかると棒打ちの罰。

その点、隣に寝ている男の対応は現実的だ。バルカン半島の田舎の出身らしいが、食事用の椀を持ち込んで、起きずにすませている。だが、朝になれば誰かがそれを使ってものを食べるのだ。いやはや、何ということだ。それなら二〇〇メートル歩くほうがましだ。

起床は朝四時。シャツを脱ぎ、体を洗う。水はほんのちょっぴり。石鹼はない。濡らしたところをシャツで拭う。とはいえ、蛇口まで近づくことすらできない日も多い（道端の水たまりでごまかすこともある）。そして集合、労務班の人数確認。この時点でまだ夜明け前だ。そのあと立ったまま長く待たされ、やっと出発。門のところで上級カポが報告する。「工事現場班、六九三名」びくびくする一瞬だ。人数が多すぎる時、たとえば六六〇人で十分であれば、中尉は三三人を適当に選んで別に立たせる。彼らの姿はその後見かけない。

一方で、いつも目に入るのは炎だ。クレマトリウムの煙突から立ち昇り、消えることがない。四六時中、あの炎の下で人間が焼かれているという意識から逃れられない。どこにでもいるふつうの人間。頭脳があり、心臓がある。心臓はどこまでも複雑に入り組んだ血管組織に血液を送り出し、線維の隅々、ほんの小さな細胞のひとつひとつがこの驚くべき液体で満たされる。これこそ、神の創りたもうた奇跡。

じめじめした天気が続くと、収容所にも煙が降りてきた。すると肉が焦げるにおい、もっと言えば、バターをケチってステーキを焼いているようなにおいが漂った。それが朝食代わり。パンはもう全部食べてしまったからだ。それでは体が持たない。くたくたで、体調が悪く、自分にうんざりしている。それは人間であるからこそだ。そして、SSの連中もやはり〈人間〉なのだ。

五週間後に手紙が来た。

やっと見つかった！

そっちの収容所の厨房に薪を運んでいる人が探してくれたの。

医官に話をしてみます。もう少し頑張れ。

それから一週間。ブロック書記がハンスを呼びに来た。事務棟で手続きをすませ、アウシュヴィッツに戻る。

第九ブロックはすっかり様変わりしていた。ブロック長も新任だ。

先週は医官が来て、〈イスラム教徒《ムーゼルマン》〉を選別していったのだそうだ。次の日に迎えのトラックが来たところ、一人足りない。イタリア系ユダヤ人の姿が消えていた。当然大騒ぎになったが、夕方になってこの男は堂々と帰ってきた。工事現場班に交じって一日セメント袋を担いできて、職長に働きぶりを褒めてもらえたという。自分は〈イスラム教徒《ムーゼルマン》〉ではなく、まだ十分に働ける。それを示すためにしたことだった。

翌日にまたやってきた医官はこの理屈を認めず、男はすぐにブロックから連れて行かれた。続いて医官はパウルを呼びつけた。ブロックでこんなことが起こるとはけしからん、あのユダヤ人を相当懲らしめたのだろうな？　ところがパウルはもともと頑固なうえ、ユダヤ人の娘に惚れ込んで以来、収容所のユダヤ人に深く感情移入するようになっていた。

「私は病人には手を上げません」

これを聞いた医官は怒鳴りだした。共産主義者のくず、ついに本性を現したか。ユダヤ人を仲間だと思っているな。この役立たず、赤い豚野郎。医官殿はそう言ってパウルの顔をまともに殴りつけた。二回、三回。唇から血が噴き出すまで。

その半時間後、新しいブロック長が着任。ズロビンスキーというポーランド人だ。前は第二一ブロックの玄関番をしており、乱暴で陰険だと言われていた。気難しい男で、ベッドの整頓状況を点検し、床にわら一本でも落ちていれば大声でわめき、何をするにも完璧を目指せと責め立てた。

ところが数週間後、ズロビンスキーは第一〇ブロックに好きな娘ができた。それからというもの、彼は一日窓際に座って隣のブロックを眺めるようになる。こうして看護夫はまた惰眠をむさぼり、部屋係（つまり回復した患者）にあらゆる雑用を任せるようになった。

ハンスは、戻った翌日に鍋当番で第一〇ブロックに行った。フリーデルの顔を見て、今回の冒険が無事終わったことを二人で喜んだ。

「いったいどうやったんだい？」

「別に。医官のクラインのところに行って、何があったかを話したの。あなたが夫だってこともね。そしたら番号を書いてくれて」

「わけがわからないな。先週うちのブロックで選別をやって、パウルを追い出したのと同じ奴じゃないか。月の初めはビルケナウにいたよ。二日間でチェコ人家族の収容区を全部片付けた。男たちのうち一〇〇〇人はどこかに移送され、五五〇〇人が煙になった。年取った男たちと女子どもだ」

「よくあるんじゃないかしら。SSの若い子たちでは無理だけど、年が上の人は、ものすごく残虐なことに手を染めているとしても、小さなことには聞く耳を持ってくれるのかも。今回あなたのことだって親切にしてもらえたわけだし」

「それでよしとはならないよ。むしろよくないと思う。若い奴らは血と土の精神をたたき込まれて育ったから、ほかのことは知らない。だけど医官みたいな年上の連中がたまに小さな優しさを見せるのは、昔の躾《しつけ》の名残がまだどこかにあるからさ。いまとは違うことを習ったんだから、そのまま人間でいることもできたはずなんだ。つまり連中の罪はその分重い。若いナチ信者には分別がないんだから」

二人はもうしばらく話を続けた。フリーデルは、マラリア患者の血液を注射する実験のことをハンスに教えた。人為的にマラリアに感染させられた女性たちは、高熱に苦しんだという。

第一〇ブロックには行きやすくなった。フリーデルと話していても以前ほど危険は感じない。

ポーランド人の大量移送が始まり、ユダヤ人はそれまでよりもましな仕事に就けるようになった。たとえば被服所や写真室。数人だが厨房で働く者も出てきた。またユダヤ人の医師たちは、誰もやりたがらない雑用ばかりでなく、少しだが本来の医療の仕事もしはじめた。だからユダヤ人でも仕事を口実に第一〇ブロックに足を踏み入れることができる。少し前ならこんな割のいい役目はポーランド人が独り占めしていたのだが。

要するに、ポーランド人の移送のおかげでユダヤ人の日々の苦しみはずいぶんと和らいだわけだが、その一方で不安も募った。ポーランド人に続きロシア人も移送され、帝国ドイツ人は（政治囚でなければ）ＳＳに入隊させられた。ドイツ軍は東部戦線からの撤退を余儀なくされており、戦況の変化に応じた措置であることは明らかだった。

一九四四年の夏の時点で、赤軍はすでにポーランド中東部のラドムに進軍していた。レンベルク（現ウクライナのリヴィウ）とクラカウ（ポーランド南部のクラクフ）の真ん中に位置する都市だ。そのラドムからアウシュヴィッツまではわずか二〇〇キロ。次の攻撃で赤軍が収容所に入るかもしれない。そのときに抑留者はどうなるか。

さまざまな意見があった。収容所の撤退は大いにありそうだが、おいそれとできることではない。よその収容所への移送が続いたといっても、アウシュヴィッツ複合体はまだ一二万人もの抑留者を抱えているのだ。自分たちは全滅させられるという主張もあった。いずれにしても、ドイツ軍が自らの残虐行為の生き証人を赤軍に引き渡すと予想する者はごくわずかだった。

緊張が高まる中、ハンスたちは不安な毎日を過ごしていた。

七月、山場が訪れた。「総統が死んだ。ドイツ国防軍とＳＳは各地で交戦状態。大将たちが政権を掌握」これほど信憑性のある噂が抑留者のあいだを駆けめぐったことはかつてなかった。

ところが、その翌日に戦争が終わったとされ、ドイツ新政府が連合軍と交渉を開始したという続報が流れても、ＳＳは収容所を動かなかった。やはり噂だったわけだが、それでもここまで事実に近い噂は初めてだった。抑留者たちは非ユダヤ人が購読を許されていた新聞を数日遅れで読んで、「七月二〇日事件」（ヒトラー暗殺とナチ党政権に対するクーデター計画。いずれも未遂に終わった）の真相を知る。

収容所で広まる噂は、どれも真実を誇張し単純化したものだ。とはいえ〈何か〉が起こっていることは間違いない。〈何〉が起こっているかを突き止めるのは簡単ではなかったが。

第一〇ブロックについても、ここ半年ほど移転の噂が出ていた。収容所から数百メートル離れたところにバラック群ができた。いまはSSが住んでいるが、建物の一つに第一〇ブロックの女性たちが入るというのだった。

引き離されるかもしれない。その恐れは常にあったけれど、何も起こらなかった。それが八月に入ると、噂はますます具体的になってきた。新しい建物のうち五軒が女性用のブロックになる。第一〇ブロックのほかに、ＳＳの洗濯場や武器工場などの労務班で働いている女性もそこに移転する。

そして、引っ越しの日は突然やってきた。女性たちは外に整列させられたまま、時間ばかり過ぎていく。人数確認が幾度も繰り返される。何を待っているのかは見当もつかないが、ハンスとフリーデルにとってはいいことだった。SSの監視兵もあまりおらず、長く話せたからだ。収容所に入って一年、別れの時が迫る中、二人はこれまででいちばん長く、落ち着いた会話を交わした。新しいブロックではどうなるのだろう、とハンスがつぶやく。

「実験はこれからも続くと思うわ。今週、第一〇ブロックで働いている人たちはみんなすごく緊張していたの。一回でも注射を打たれていたら新しいブロックには行けないっていう話があって。クラウベルクとゲーベルの実験の対象になった人のことね。それに、職員もこの先は免除されないって」

「それで、君はどうやって切り抜けるつもり？」

ハンスは心底おびえていた。自分がずっと不安に思っていたことをフリーデルは認めるのではないか？　二人とも、この困難を生きて乗り越えることを決してあきらめたわけではない。だがもし注射をされてしまったら、永遠に子どもが望めなくなるかもしれない。

フリーデルはハンスの動揺を見てとった。

「看護婦とほかの職員でまだ実験を受けていない人は三四人。全員クラウベルクに理由を聞かれて、説明したらいついつ行けと言われたの。拒否するとビルケナウ送りになるって。私が腎盂炎《じんうえん》だと言ったら、『それならいまは無理だな。命にかかわることもあるから』ですって。うまい具合に診察もされなかった。じつは腎盂炎は一カ月前に治っているの」

フリーデルのひと言が当意即妙の答えだったのには驚くほかない。彼女は医者ではないが、すばらしい勘の持ち主であることは確かだ。

正午近くになって、女性たちは出発していった。これまでのように会いたい時に会えるわけではないものの、新しいブロックで働く男たちに手紙や差し入れを頼むことはできるだろう。フリーデルも歯医者や放射線科医にかかることを口実に、できるだけ収容所に来るつもりだった。だからこれからも顔を見ることはできる。

ほとんどの男は自分の妻の消息を知らずにいた。エリのように、もうこの世にいないと知っている場合もあったが、たとえばビルケナウで隣の収容所にいるとわかっていても、連絡を取り合うことすら無理という人たちもいる。ハンスとフリーデルに不満を言う筋合いはなかった。

点呼のあと、ハンスとエリは樺通りに出た。昼間のむっとする熱気がまだ漂っている。もう少しするとここも混んでくるが、ふつうのブロックにいる抑留者はこの時間パンが配られるのを待っているので、通りには特別抑留者と看護夫の姿しかなかった。ドクター・ヴァレンティンとマンスフェルト教授がベンチに座っていた。ヴァレンティンがハンスに声をかける。

ハンスには、おかしな態度をとっていたという自覚がなかった。二人はベンチのそば、草の上に腰を下ろす。「それで、ちょっとは元気になったかい?」「悲しいのはごく当たり前のことだと思いますけど」

「あんな顔を見せられるほうの身にもなれ。一日ずっとだぞ。いまさら何の文句があるんだ。奥さんとはまた連絡が取れるだろう」

「それはそうですが、いままでよりも難しくなります。それに、向こうで何かあっても助けてあげられない」

「こんな状況で何があるというんだね?」

「まだわかりませんよ、教授。できることはいろいろある。たとえば、新しいブロックにはレントゲン室が二つあります。第一〇ブロックよりも規模の大きな実験に取り組める。それに、ご存じかもしれませんが、検証試験の話もありますよね。向こうのブロックには狭い部屋が並んでいるところがあって、そこに男女を閉じ込めるらしいですね。それで、不妊化の方法が成功かどうかを判断すると」

エリがそう答えるのを、ハンスは信じられない思いで聞いていた。「おいおい、噂だろう？　それを言うなら、ユダヤ人の売春宿ができるっていう話もあるじゃないか。九月一日開業だって」

エリは、二つの噂はつながっていると考えていた。「ひょっとすると〈検証〉を売春宿でやるのかもな」

「それなら、そんな売春宿には誰も行くなと言いたいね」

マンスフェルト教授がまた口を開いた。「ばかを言うな。連中がやろうと決めたことをやめさせるなど、できるはずがない」

「こいつの奥さんは注射されてないんですよ。何を検証するんです？」

「いや、何だっていいんだよ。ここのお偉方に論理的な判断を期待するほうが間違っている。あんな実験に論理も秩序もあったもんじゃない。全部気まぐれ、思いついたことをやっているだけだ。たとえば先月、ケーニヒスヒュッテ（ポーランド語名ホジュフ。アウシュヴィッツの分所があった）の収容所で、曹長が男女三組を何日か別々の部屋に閉じ込めた。素っ裸にして放り込んで、じっくり観察したわけだ。男三人のうち、一人には腹いっぱい食べさせ、もう一人はふつうの食事、最後の一人には何も与えなかった。そうやって、栄養状態が性行為に及ぼす影響を調べたかったというんだ。あまりにも異常だってことは、子どもでもわかるだろう」

ハンスが引き取る。「ちょっとした出来心なのは間違いありません。鎮静剤の件だってそうでしょう。先週、第一九ブロックにSS隊員が一人やって来て、抑留者三人に粉末を飲ませました。本物のコーヒーに溶かしたやつです。そのあとすぐに三人とも眠ってしまったんですが、二人は結局目を覚ましませんでした。三人目は三六時間後にたまたま正気づいたそうです。こんな〈研究〉をどうやって思いついたのか。想像できますよね。例の七月二〇日事件のことでSS隊員殿はまだ少し動揺していて、夜眠れない。薬戸棚にカナダから持ってきた粉末を見つけたけれど、飲んでいいものかどうか決心がつかない。そこで抑留者を使って〈科学的な実験〉をやってみることにしたと」

エリがさえぎった。「そんな実験を説明しようとするなんて、ばかばかしい。はなから時間の無駄だ。ケーニヒスヒュッテの件は、他人の性生活を見たかった男が、自分のよこしまな望みをかなえただけだろう。だけど第一〇ブロックでやっている実験は性格が違う」

「遺憾ながら不正解」と教授が応じる。「ドイツで行なわれる実験、そうだな、一九三三年以降のドイツの科学全般と言おうか。これは人道的にも科学的にも一切進歩していない。その大きな要因は、もちろんユダヤ人の学者を一人残らず追放したことだ。ドイツの科学史に名を残したユダヤ人や外国人はとても多い。中でも目立つのはポーランド人だ。〈ドイツ人〉科学者ということになっているがね。ドイツの覇権を誇示するために、コペルニクスのような人物はドイツ人にされているわけだ」

「ではヒトラーがユダヤ人を追放していなかったとしたら？」

「そのときも、ドイツの科学に大した成果はなかっただろうね。科学とは、要するに研究の結果から結論を導くことだ。ドイツでは結論があらかじめ設定されている。ナチの教義に沿ったものでなければならないんだ。軍需産業や医療分野の純粋な技術開発なら、研究結果は甘んじて認める。だがドイツ人の学者が歴史や哲学の領域で何かしようとすれば、結論で述べることははじめから決まっている。万が一、愚かにも国家社会主義の理論に反する結果を示そうものなら、たちまち一巻の終わりだ」

「おっしゃることはよくわかります。ですが教授、女性たちの実験の話に戻ると、これはやはり純粋な技術研究だと思います。ですからきちんとした手順で行なわれるのではないでしょうか」

「科学は人間社会のために発展してきた。集団不妊化の研究が科学的な根拠に基づいているはずがないのは、このことからだけでも説明がつく。ドイツの科学研究は、人類のためでなく、ドイツ人種のために進められているからだ。実際どうなっているかを考えてごらん。誰が何をしている？　クラウベルク、ゲーベル、ゲシュタポ隊員。あとはザームエールが自分の首をつなごうと必死だ。実験の作業をする軍曹は何もわかっていないし、だいいちその仕事を任されたのも歯ブラシ売りの職歴を買われたというだけだ。いやいや、人の道にもとるような研究は科学とはまったく無関係だ。まだ私が研究室をもっていた頃に、ここの女性たちに起こっているようなことを助手の誰かが実験動物にしていたら、直ちに研究室を追い出していたよ」

マンスフェルトの説明にハンスは感じ入った。ただ、その話が終わるが早いか、第九ブロックの使いが呼びに来た。すぐ戻れ。その晩のうちにブロック全体で第八ブロックに移るという。

続く数時間は大忙しだった。棚や机をばらし、薬を梱包する。だが、幸い撤回の命令が下り、引っ越しは翌日に持ち越された。

当日は休む間もなく動き回った。患者にわら布団にベッド。全部運ばなくてはならない。第八ブロックはもともと検疫ブロックで、汚れて荒れ果てていた。第九ブロックと第一〇ブロックにはジプシーがやってきた。家族がそのまま、つまり大人の男女とたくさんの子どもたち。理由ははっきりしないが、ともかくビルケナウを出る機会に恵まれた人たちで、近くドイツ国内の収容所に送られるということだった。実際のところ、ジプシーの受難はユダヤ人と大差ない。ユダヤ人に比べればずっと少数で、ヨーロッパ各国での社会的地位は低かったが、ビルケナウではまったく同じように〈煙になって〉いた。

これは、ユダヤ人迫害が実質的には〈ユダヤ人の世界金権支配に対する反資本主義闘争〉ではなかったことのさらなる証拠とみることもできよう。

SSはドイツとその関係国の国民を弾圧する組織だった。徹底的に憎悪をたたき込まれた彼らは、人種の純血化を掲げ、その方法論をユダヤ人やロシア人、そしてジプシーに試していたわけだ。

オランダ中東部の村エレコム、あるいはダンツィヒ近郊のシュトゥットホーフにある収容所は、正式にはSS隊員の養成所だ。隊員たちはここで、自らの内に目覚めたサディスティックな性癖を満足させていた。またそれができたからこそ、彼らは最後の最後までヒトラーの従順な信奉者であり続けたのだった。

一週間が過ぎて、第八ブロックの掃除とちょっとした修理が一段落した。患者たちがくるまっている毛布にはまだ前の住人の汚れがついていた。そもそも患者のシャツ自体、月に一度消毒されるが水洗いはしないので、血やらノミの糞やらで茶色や黒の染みがある。だが、ともかくぱっと見は清潔だ。床は真っ白、ベッドもペンキを塗り直したために物入りな週だった。備品が支給されるわけではなく、ベッドと扉用のペンキはパンとマーガリンとの交換で手に入れたものだったからだ。なのでその週、病人に配られるパンとマーガリンの割り当てはいつもより少なかった。

あいにく、九日目にまた別のジプシーの集団がやって来て、第八ブロックの面々は第七ブロックに移ることになった。いまや収容所のジプシーの数は二〇〇〇人にふくらみ、これまでになくめちゃくちゃな状態になっていた。アウシュヴィッツはなにしろ〈不健全な〉収容所だ。ジプシーが収容された三つのブロックの周囲には有刺鉄線が張りめぐらされ、必ず歩哨が二人立っていたが、それでも境界をはさんで活発な取引が始まるのを止めることはできなかった。

ジプシーはパンの割り当てがほかの抑留者よりも多く、残したパンで収容所にこっそり持ち込まれたソーセージやじゃがいもを買った。

その結果、パンの価値が下がった。いわば〈平価切り下げ〉だ。一日分のパンで以前はじゃがいもが一二個手に入ったのに、いまは七個にしかならない。ジプシー収容区では、一日中音楽が奏でられ、踊りの輪も途切れなかった。男たちは柵の外からその様子に見とれた。歩哨に追い払われるどころか、仕事をさぼっていたために罰せられる者まで出た。

だが本当に収拾がつかなくなるのは日が暮れてからだ。夜になると、抑留者の男たちがジプシーのブロックに忍び込む。そしてジプシーの女性たちも、有刺鉄線をくぐり抜けてブロック長やカポのもとへ走るのだ。相手が作業ブロックに部屋を持っていれば、そこで彼らに人生の楽しみを与え、自分の胃袋を存分に満たすために。とはいえ、部屋がなくても、食べものと飲みものが用意できればなんとかなったのも事実だが。

夜中に突然の手入れ。SSは収容所内のベッドを全部調べ、かなりの犠牲者が出た。有刺鉄線の柵は毎朝修繕の必要があった。ハンスはそんな騒ぎが嫌いだった。ジプシーが楽しんでいるところを目にすると、収容所の中ではできないことを思っていっそう寂しさが募るし、ますます生き埋めになっていくように感じる。ジプシーの女性など、ハンスの眼中にはなかった。

以前なら第一〇ブロックの窓際でフリーデルと話していた時間を、ハンスは二階で同僚の輪に入るか、かつてアムステルダムで経済学を講じていたフレイダ教授のそばで過ごしていた。教授は病棟に入院して一週間になるが、収容所にはオランダからの最後の移送で到着した。高齢にもかかわらず、列車のそばの選別では偶然〈適格者〉の列に行けた。その後道路工事班に回されたものの、一日荷車を引く作業は数週間しかもたず、病院に入ることになったのだ。親しみやすく上品な物腰で、たちまち病棟の職員の人気者になっていた。例のオランダ人の教授は〈とても素敵《トレ・シャルマン》〉だと、フランス人にも受けがよかったが、ハンスにとっては大きな心配の種だった。

早朝、起床の鐘が鳴るより前に、第七ブロックの男たちは第八ブロックに面した窓際に群がる。体を洗うジプシーの女性たちを眺めるためだ。そうするとブロック長が来て、患者をベッドに追い立てる。一方で看護夫たちは、ブロック長が控室に来ないのをいいことに、半裸や全裸の女性を相手に刺激的な身ぶりの会話を満喫するのだった。

聖アントニウスでさえ誘惑に屈するのではと思われるようなことが起これば、ハンスも向かいに目をやることはあった。あくまでほんの一瞬だったが。女性の姿を見ると、ハンスの心の中ではフリーデルへの思いがふくらむばかりだったからだ。

フリーデルとの連絡は、期待していたほど簡単ではなかった。クレブスというオランダ人の歯科技工士は、新ブロックの女性たちに手紙を届けたことがばれ、二、三日懲罰房《ブンカー》に入れられてしまった。ハンスの手紙も交じっており、クレブスは取り調べの時に夫から妻に宛てたものだと説明した。問題になるようなことは書かれていなかった。クレブスはオランダ人には少ない特別抑留者で、そのことが幸いした。歯科診療所の上司であるSS中尉が手を回し、事件はほどなく解決したからだ。

フリーデルが病院に来るという計画もうまくいかなかった。女性たちが収容所の病棟で診察を受けるのは水曜日で、フリーデルも毎週来てはいたのだが、必ず衛生兵《SDG》が一緒だった。ルーマニア人のいやらしい男だ。外国人のSS隊員はドイツ人隊員に輪をかけて陰険だった。このSDGも女性たちにつらく当たり、診察中には上からのぞきこむような姿勢をとったし、女性の一人に声をかけ、薬局や検眼室がある二階に消えることもしばしばあった。

　妻と言葉を交わせるのはその隙だ。ハンスとマイゼル、デ・ホンドの三人は、もう一人のSDGに部屋に入れてもらう。フリーデルは新しいブロックの様子を話す。実験はなく、みないろいろな労務班で働いているという。フリーデルは夜勤で縫製室の仕事をしている。ほこりだらけの屋根裏部屋で、一二時間ぶっ通しでぼろ布を縫う。それだけでもたいへんだが、決まった量が終わらないとたたかれる。ほこりがこたえるようで、咳もひどくなってきた……。ほどなくルーマニア人が戻ってくる。酔っていて、汚い言葉を吐いて男たちを追い出した。

　この次にフリーデルに会えるのはいつだろう？　何かもっとましな方法はないものか。ハンスがそう考えたのは水曜日だった。木曜日にジプシーが全員収容所を去り、金曜日にはまた引っ越しの命令が下った。

ハンスたちは第九ブロックに戻ったが、中は散々な状態になっていた。

その翌朝、「気をつけ！」の声。医官だった。まだまったく片付いていない病室には足を向けず、ブロック長の部屋に直行。そこで数分、医師長のジェリーナと話していた。医官がブロックを出ていくと、ジェリーナは医師を全員外来局に集めた。

患者の名簿を用意しなければならない。ジェリーナが説明する。すべての患者について、今日にも退院できるか、できないならあとどのくらいの入院が必要か（一週間、二週間、三週間、あるいは三週間以上）を名前の後ろに医師が記入するのだという。誰もが暗澹たる気持ちになった。その裏に卑劣なたくらみが隠れていることはあまりにも明らかだったからだ。激しい議論が起こる。どこで線を引くか、ガス室送りになる心配のない入院期間はどのくらいだろうか。

ハンスは、フランス人の同僚フレシュネと話し込んだ。フレイダ教授の担当医だ。教授の状態を健康だとごまかすことはできない。そうすればすぐに退院させられるが、いまの教授は一〇〇メートル歩くのも無理なのだ。かといって〈三週間以上〉の入院要とも書けない。それはすなわち死を意味する。しかも弱り目にたたり目と言うべきか、医官は入院患者の目録カードを全部持って行ってしまったので、教授をどこかに隠して入院をなかったことにするのも無理だ。

二人はジェリーナに相談し、三週間と書くことに決めた。しかしこの決断は、ハンスにとって人生最大の後悔となる。

目録カードは翌日戻ってきたが、二週間を超える入院が必要とされたユダヤ人患者のカードは取り除かれていた。彼らにはその次の日に迎えが来て、ビルケナウの製織工場で軽労働の労務班に回されるという。ビルケナウ製織工場は〈世界最大の工場〉。この建前のもと、すでに数百万人がガス室に送られていた。

日曜日の午前中、ハンスはジェリーナから休みをもらった。道路工事班のカポはレーン・サンダースと親しく、レーンの口添えとたばこ一箱（ポーランド人の患者が特別に譲ってくれた）のおかげで、一緒に出動する話がまとまった。三〇人の男が新しい女性収容所で作業する。ハンスはそこに混ぜてもらったのだ。

ふたを開けてみると、ハンスだけではなく、この日の労務班の少なくとも半分は女性目当ての飛び入り参加者だった。このやり方はまだSSに気づかれておらず、男たちはそこそこ好き勝手に女性収容所の中を歩き回れた。シャベルなり石材なりを持っていて、SS

隊員や看守が来ればすぐに手を動かせるようにしている限り心配ない。カポはそう言った。

恋人と屋根裏部屋に消える者もいたが、フリーデルはそんな〈道ならぬ恋〉のようなことは嫌がった。二人はブロックの扉の陰で、誰にも邪魔されずに長く話をした。ハンスはフレイダ教授のことを打ち明ける。

「どうしようもないことよ。患者さんにいちばんよく効く薬を出せなくても、ふつうなら誰もそのことを責めたりしないでしょう。あなただって、できることはやったと考えるはずよ。今度のことは確かにひどいけど、ほかに手はなかったんだから」

フリーデルの言う通りだった。ハンスは罪の意識を忘れようとした。

その次の日、迎えのトラックが来た。ハンスは惨めな気持ちでいた。フレイダ教授が姿を見せる。アムステルダム大学の学長として、ウィルヘルミナ女王に名誉博士号を授与したことさえある人物。教授はハンスと握手をする。もし君が生き延びられたら、私の家族によろしく伝えてほしい。

「でも教授、ご自分でお会いになれますよ」

ほかに何が言えただろう？ ハンスには真実を告げる勇気がなかった。ビルケナウをめぐる嘘に調子を合わせるしかなかった。

SS隊員が早く乗れと教授を急き立てる。オランダでもっとも有名で高く評価された学者だったその人は、垢じみたシャツに木のサンダルという姿でトラックによじ登り、ガス室に運ばれていった。

SSのやり口はまったく予測できない。はなはだしく矛盾したところもある。たとえば朝、何千人という男たちがきっちり五列になって正門を出ていく。彼らを待ち受けているのは暴力と空腹、すさまじい重労働だ。その時、門のそばでは抑留者五〇人からなるオーケストラが行進曲を奏でている。またある時は、医師たちに名簿作成の命令が下る。食事の追加手配が必要な患者は誰か。名簿を提出した翌日、栄養状態の悪い患者たちは一人残らずガス室送りになる。

ユダヤ人の女性たちはまるで奴隷だった。見境なく打ちすえられる。それなのに、SS隊員が劣情を催せば、ユダヤ人の娘を餌食にするのだ。「言うことを聞かなければ痛い目に遭うぞ」

抑留者の誰かがパンひと切れを〈融通〉する現場を見つかると、棒打ちの刑を食らう。だが、金やダイヤモンドの扱い、それに食肉処理場（一度に豚を一四頭処理できた）の取引は、SSが仕切っていた。

一九四三年の秋、ルブリン近郊のマイダネク強制収容所でサボタージュの計画が発覚した。これを受け、SSはユダヤ人全員、一万八〇〇〇人を一日で殺害することを決定する。まず、〈塹壕〉と称して大きな四角い穴が掘られた。そして人々は四角形の一辺で服を脱ぐように言われ、そのまま歩いて角を回ったところで撃ち殺されていった。機関銃の音と犠牲者の叫び声は、五つのオーケストラの演奏でかき消された。

医官クラインは選別の達人だった。ある夜、収容所の男たち全員が以前洗濯場だった建物に集められ、裸で連絡指導者の前を行進させられたことがあった。樺通りで服を脱いで行くと、入口のところにブロック長が何人か立っていて、体を押される。そこで段差につまずけば〈イスラム教徒《ムーゼルマン》〉ということになり、番号が控えられる。胸を反らして幹部の前を歩きおおせた者は合格だった。こうして一〇〇〇人あまりが選び出され、空いているブロックに移された。その後、非ユダヤ人は夜中のうちに元のブロックに戻ることを許されたが、ユダヤ人は翌日、第八ブロックと第九ブロックにはさまれた道で、今度は医官の前を行進させられた。まだ働けそうな抑留者がいないかを確認したわけだ。もっとも医官は収容所指導者ヘスラーと話が弾んでいる様子で、通りすぎる列にはほとんど背中を向けていた。時々振り返って適当に一人を指さす。選ばれたほうは、もうしばらく生きながらえたのだった。

その頃、収容所では二つのブロック（第二二と第二三）が有刺鉄線で囲まれた。女性たちが入るという話だった。また第二三ブロックには小さな外来局ができた。

フリーデルの顔色は悪くなる一方だった。縫製室での夜勤が体にこたえて、咳がひどく、熱を出すこともあった。そこでハンスは、彼女を新しい外来局で看護婦として働かせてもらいたいと医官に直訴してみることにした。

二階の病室の主任医師ヴァレンティンは、気でも狂ったか、とハンスに言った。医官はハンスを〈ぶん殴る〉だろうし、病院から追い払ってきつい労務班に入れることもできる。そのくらい厚かましいことだ。女房がここにいると知られるだけでもまずいのに、それを自分から医官に話す奴があるか。

だがハンスは、SS将校たちに垣間見える人格の分裂、判断の矛盾に賭けた。そして案の定、病気や衰弱を理由に何千人という人々を死に追いやった張本人が、フリーデルは

「古着から出るほこりで咳がひどいため」、縫製室から第二三ブロックの外来局に異動してかまわないと告げたのだった。

先の選別ではフレイダ教授をはじめ大勢が犠牲になり、病棟は半分しか埋まっていなかった。看護夫たちは気を揉みだした。「あんな選別がまたあったら、絶対に看護夫も連れて行かれるぞ。とにかく人数が多すぎる」

迫る危険を感じて、英雄願望が急に頭をもたげた。これまでは病棟の運営会議で抵抗を口にする者などいなかったが、いまや看護夫たちはそう簡単に死んでなるものかと考えるようになっていた。二階の病室担当のチェコ人医師クレンプフナーが、ある晩ハンスとエリ・ポラックを呼び出した。

「収容所に抵抗組織がある。くわしいことは当然言えないが、このブロックでぼくについてくると言っているのはいま一五人だ。君たちも入るか？」

「もちろん入るよ、当たって砕けろだ」エリが答えた。

「わかった。この先何かあったら、どちらかを呼んで指示をするよ。あとのことはそれからだ」

もっとも、〈何か〉は起こらずじまいだった。一週間ほど過ぎた頃に命令があったからだ。第九ブロックは解散、病人と看護夫は第一九ブロックに移動せよ。第一九ブロックも病棟で、しばらく前から半分空の状態だった。引っ越しはしたが、ハンスが担当する病室はそのまま残り、ジェリーナも変わらず医師長を務めることになった。第一九ブロックでブロック長を務めるセップ・リットナーは、共産主義者の大男だ。収容所暮らしはもう八年になるが、いまだにウィーンの明るい茶目っ気をもっている。〈ウィーン気質《かたぎ》〉はプロイセンの暴虐によって失われるものではないようだ。ハンスはアウシュヴィッツに来てすぐにセップと知り合い、いまでは親友と呼べる関係になっていた。恵まれた生活ができそうな予感がする。

第一九ブロックで、ハンスは〈特別抑留者〉の地位を手に入れた。病室担当医だったオホツキーが移送され、ジェリーナが非ユダヤ人の患者も診察することになったが、ほとんどの仕事はハンスに任された。

患者を診るようになり、ハンスは汚れ仕事をしなくてもよくなった。また、患者との付き合いが密になったおかげで、彼らに届く小包から以前よりずっと多くのものを分けてもらえるようにもなった。

ハンスは、いろいろと珍しいものを持って毎日フリーデルの顔を見に行った。女性たちは少し前に収容所のブロックに戻ってきていたが、会うというのはもちろん危険と隣り合わせの行為だ。はじめの数週間で、柵の向こうの女性に話しかけようとした男が二人射殺されていた。日曜日の夜には一八歳の若者が殺された。半年顔を見ていなかった姉がブロックにいると知り、近づこうとしたのだった。だが、優秀な詐欺師なら相手にだまされたと気付かせないものだ。ハンスはそう信じて、毎日さっそうと第二三ブロックに向かう。血圧計や薬瓶を抱えていることもあれば、同僚と二人で体重計を運んでいくこともあった。目立てば目立つほどいい。もしSS隊員に何か聞かれても、自分たちは医者で女性外来局に用がある、などと答えれば大丈夫だった。

唯一危ないのは例のSDGだ。あのルーマニア人の男は、ハンスに仕事の用はないとよく知っていた。一度フリーデルと座って話しているところを見つかったが、その時はハンスを脅してブロックから追い出しただけで終わった。

年が明けてすぐの日曜日、アルフォンソ・コレットがハンスのブロックに寄った。コレットは消毒場の新しいカポだ。スペイン人の共和制支持者だが、フランコから逃れたフランスでドイツの手に落ち（まさに一難去ってまた一難）、強制収容所に入れられた。アウシュヴィッツではスペイン人と〈赤スペイン人〉の集まりの中心的存在になっていた。〈赤スペイン人〉とは、スペイン内戦に共和国派の義勇兵として参加し、フランコによってヒトラーに引き渡されたあと、強制収容所に送られたドイツ人のことだ。

「第二三ブロックに行かないか？」コレットが聞いた。

「言い訳はどうする？」

「誰も聞くもんか。そうだな、明日うちの連中で第二三ブロックを消毒することになっている。だから今日のうちに様子を見ておきたい、でどうだ？」

コレットはサラと付き合っていた。ブロック長代理をしているベルギー人の女性だ。午後のスープのあと、ハンスとコレットは連れ立って出かけた。そして夕方まで第二三ブロックのブロック長室で過ごした。のべつ幕なしにしゃべり、とても愉快な時間だった。途中で厨房のカポ（ブロック長の恋人）もシュナップスを一瓶持って入ってきた。

ブロック書記の女性が柵のそばで見張っていて、もしSS隊員が女性用ブロックに向かってくれば知らせることになっていた。ふだんは労務班で働き、仕事が休みの日曜の午後に女性の姿を見ようとやってきた男たちは、殴られ追い払われていた。だがコレットやハンスのようなふてぶてしい抑留者がいるとは、歩哨たちは思いもしなかっただろう。

「〇・五ギルダー盗むより、五〇万ギルダー盗むほうが確実だからね」

コレットは新しいユダヤ人の収容区長の話をした。ポーランド人が全員移送され、一方でドイツ人はほとんどSSに徴兵されたため、収容所に残っているのはほぼユダヤ人ばかりになっていた。結果としてユダヤ人の収容区長が任命されたのだが、この男は二日でおかしくなった。誇大妄想が現れたのだ。収容区長が自分の部屋で横になっていると、連絡指導者の一人カデュークが入ってきて起きろと言った。ところがこのユダヤ人は、カデュークに命令されるとは考えてもみなかった、自分は収容区長であって、連絡指導者の使い走りではないと言い返したのだ。すさまじい口論の末、収容区長はいま監獄に入っている。女性たちはそろって大笑いした。強制収容所にいる人間にしてみれば、これは相当おもしろい出来事だ。収容区長とはいえ〈抑留者〉が連絡指導者に嚙みついたのだから。だが、その件はハンスのほうがくわしかった。「本当は全然笑えないよ。アルフォンソがいま言ったのは表向きの話だ。じつは裏がある。赤十字の救援物資が届いたんだ。受け取りの書類には抑留者の代表も署名する。物資が収容所で配られたことの証明さ。だけど収容区長はSSの指示に従わなかった。抑留者には何も渡っていないからって。それで監獄行き。生きては出られそうにない」

厨房のカポが持ってきたシュナップスは強烈で、収容区長の悲運を知っても場が暗くなることはなかった。六人で椅子が三脚。みなぎりぎり不謹慎にはならないように心がけていた。といっても、ここに来る前とは〈慎み〉の意味が変わってしまったが。

フリーデルはハンスに夢中でほとんどしゃべらず、会話はもっぱらサラが引き受けた。

サラは、大晦日に男たちがバンドを連れてブロックに入ってきた話をした。その日当番だったブロック指導者をシュナップス一瓶で買収したのだという。

ハンスも知っている話だった。ユダヤ人は近頃ましな労務班に入れるようになり、中にはオーケストラで演奏する者まで出てきていた。周辺の分所からユダヤ人の音楽家をアウシュヴィッツに呼び集め、スウィングバンドが結成された。全員オランダ人だ。優秀なオーケストラの演奏家はオランダ人が多いが、ジャズにかけては絶対に間違いがなかったからだ。このバンドには、ジャック・デ・フリースにマウリス・ファン・クレーフ、レックス・ファン・ウェーレンとサリー・ファン・デア・クロート、劇団〈バウメースター・レビュー〉でバンドを率いていたアブ・フランクまで参加していた。ハンスはかつてクラリネットで共演したことがあった。じつを言うと、大晦日の夜にも一緒に演奏したのだが、ハンスはすぐにフリーデルの部屋に行っていた。これはサラは知らないし、知る必要もないことだ。

半分酔っぱらったサラのおしゃべりは止まらない。次はサウナの話を持ち出す。サウナと呼ばれているのはシャワーが二〇〇も並んだ大きな浴場で、そこの作業は数ある労務班の中でいちばん人気があった。ときには一〇〇〇人が一度に入ってくることもあり、ここまで大勢の女性の裸を見られる場所は世界でもなかなかないはずだ。だが、女性たちのあいだをわざわざ歩き、堂々と嫌がらせをするような、じつに破廉恥な男たちもいた。この労務班にはマーガリン二分の一包みで一日参加できた。ただ、それがビルケナウの女性たちが来る日だと、あてが外れた格好になる。みすぼらしく痩せ衰えた体は、洗ってもさしてきれいになった様子はない。見たくない光景だ。だがアウシュヴィッツのましな労務班の女性たちが来た日には……。

もちろん、いちばんずうずうしいのは、気晴らしを求めてやってくるSS隊員たちだった。女性たちに体操をさせたり、〈検査〉をすることさえあった。このブロックでも妊娠した娘がいる。

フリーデルとハンスは、ほかの四人ほど快活に振る舞えなかった。とても楽しい午後のひとときであることは間違いなかったが、近くにいるからこそ募る思いもある。自由へのあこがれ。家庭を持つこと、子どもに恵まれること。つまり生きたいという願い。贅沢な望みだとは思う。ここでこんな時間を過ごしているのは何千人といる中で自分たちだけだ。それでも、これはやはり偽物だ。

ハンスは憂鬱になった。少し飲むといつもそうだ。そんなハンスを元気づけようと、フリーデルは彼の頭をなで、はげてきたのじゃないかと冗談を言う。だがハンスはこれからのことを話した。まもなく決定的な何かが起こるはずだった。昨日の新聞に初めて赤軍の攻勢のことが出た。ドイツ軍は赤軍の攻撃を受け、〈必要な対策の効果が現れるまでの時間を稼ぐため戦線を短縮〉せざるを得ないという。決断の時はそう遠くない。戦線はアウシュヴィッツから一五〇キロに迫った。緊張が高まってきている。

その緊張は高まるばかりだった。火曜日の夜、各紙は〈クラカウ地域〉について報じた。水曜日、地元紙クラカウアー・ツァイトゥングが配達されなかった。空襲警報が頻繁に発令されている。停電が増えたのはパルチザンの仕業に違いない。夜遅くなると大砲の音も聞こえてくるようになった。まだかなり遠くで、くぐもってはいたが。

水曜日の夜。ハンスとエリは第二八ブロックの外来局で週に一度の当番をこなしていた。仕事としてはひどいものだ。手当てといっても、わずかな軟膏と紙の包帯しか使えない。患者のためにアスピリンを一錠手に入れるのにも嫌というほど煩雑な手続きを踏まなければならず、しかもたいていは在庫がないと言われるのが落ちだった。患者がたばこかマーガリンを持っているなら話は別で、そのときは外来局の看護夫に頼めばなんとかなった。SS病棟で働く抑留者から物々交換で包帯やアスピリンを買っている看護夫がいたからだ。

実際、SS病棟の屋根裏部屋には使い切れないほどの物がため込まれていた。包帯に薬、洗面用品、それこそ何でも。これは抑留者が公式に申し込んでもまずもらえないが、ハンスは絆創膏一巻きとガーゼをポケットに入れていた。第一九ブロックの外来局で〈融通〉するか、ほかの抑留者からパンで〈購入〉したものだ。取り置いたパンを全部フリーデルに持っていくこともできなかったし、それでオランダ人の手当てができるのなら願ったりかなったりだ。

ハンスとエリはたちまちオランダ人の患者に取り囲まれた。ろうそくの明かりの下では思うように処置ができない。場は混乱してきた。部屋のあちこちに患者の輪ができ、熱い議論が交わされている。撤退か皆殺しか、それとも赤軍に降伏するのか。誰にも結論は出せない。どの選択肢もありそうでなさそうなことに思えた。

夜も遅い時間に、女性が数人やってきた。手術が必要な患者が一人、ドクター・ブリューダも一緒だ。アリーナ・ブリューダは、半年間第一〇ブロックのブロック長を務めていたことがある。ある実験への協力を拒んで解任されたのだが、フリーデルのことをよく気にかけてくれた。だからハンスもドクターをよく知っていた。

女性看守とブロック指導者も付き添っていた。だがこの二人は外来局の熱を帯びた状態に耐えかね、患者を含め女性たちを置いてどこかに行ってしまった。ブリューダはハンスのところに来て、男性陣はこの状況をどう見ているかと尋ねた。

ハンスは返事に窮した。終わりが近いとわかってうれしいとしか言えない。

ブリューダは暗澹とした気持ちでいるようだった。戦況を単純に喜ぶには、多くのものを見すぎていた。彼女はワルシャワの出身だ。一五万人の居住を想定して建設されたゲットーには一時五〇万人のユダヤ人が押し込められていた。そしてそこから絶滅収容所への移送が行なわれた。一度など、SSはトレブリンカで一日に二万三〇〇〇人を殺害した。マイダネクの一万八〇〇〇人を上回る、おそらく最高記録。ワルシャワのユダヤ人は戦うことを決意し、それがワルシャワ・ゲットー蜂起につながる。一九四三年四月のことだ。ポーランド人から支給された武器を手に、レジスタンス戦闘員はゲットーの古い建物に立てこもった。SSは通りへの侵入にひどく苦労し、ゲットー全体を包囲した時点でも、地下室や地下水道にはまだ武装したユダヤ人たちが隠れていた。歴史ある都市の例にもれず、ワルシャワの街も地下水道が迷路のように走っている。地下室への出入口はうまく細工され、流し台を横に滑らせたり、床の敷物をちょっと持ち上げたりして開けるようになっていた。彼らは夜になると地下壕から現れ、SSの兵士たちを次々と殺した。一方、地下からの襲撃を制圧できないSSにとって、残された戦術はひとつしかない。すべての建物を爆破すること。

「脱出できたのは二、三〇〇〇人だけ。私もそう。でも結局はみなまたSSに捕まってしまった。ワルシャワのゲットー蜂起は人民戦争だったと思う。失敗することは初めから決まっていた。満足な武器も持たないユダヤ人五〇万人がヒトラーとの戦いに勝てるはずがない。いまもまだ何十万という人々が瓦礫の下に眠っているけれど、二万人以上のSS隊員を道連れにしたのだから」

赤ん坊が泣きはじめると、母親はどんなに深く眠っていても目が覚めるものだ。睡眠中、外界からの感覚入力は遮断されているが、それでも頭はどこか起きている。予感があれば特にそうだ。夜中の三時、鐘が鳴り出し、収容所はたちまち大騒ぎになった。ハンスは手早く着替えて外に出た。どのブロックからも抑留者が出てきて、点呼の前のように整列している。やはり撤退ということか。凍えるような寒さだった。粉雪が舞っている。それなのに誰も寒いとは感じないようだ。みなとにかく気が高ぶっていた。終わりは近い。これから何があろうとも、アウシュヴィッツはもう終わりだ。

第二三ブロックと第二四ブロックはまだ真っ暗だった。ハンスは病棟に引き返し、セップのところに行った。これから何をすべきか。

「何もしない」とセップは即答した。「病人についてはまだ指示がない。着せられる服もない。このままでは行かせられない」

確かにその通りだ。ハンスは患者たちに落ち着くよう言って聞かせる。だが実際には、ほぼ一人残らずベッドから起き出していて、ブロックの外をうろうろしている者も多かった。友人に別れの挨拶をするために。

鐘が鳴ってから半時間後に点呼があった。人数確認ができるような状態ではなかったが、ほかに何ができただろう。点呼はやはり中止となり、労務班ごとに整列するよう指示された。これは毎朝することだ。

そして五時、最初の隊が出発した。道路工事や砂利浚渫《しゅんせつ》など、生命にはかかわらない労務班の作業員たちだった。工場と食品加工の現場で働く者はあとに残るとのことだ。

第一隊の姿が見えなくなるより前に、新しい噂が流れはじめた。いつものごとく、人々の期待があからさまに反映されている。いわく、抑留者の半分はこのあとすぐに移送され、半分は残ってこれまでの仕事を続ける。機械は撤収され、残された者はここで赤軍が来るのを待つ。

大きな荷馬車が列をなして収容所に入ってきた。厨房の倉庫でパンと缶詰を積み込み、先ほど出発した集団を追いかける。

その頃になって第二三ブロックに明かりがともった。ハンスは裏手に回る。中から有刺鉄線のほうをうかがっている女性はいないようだ。どうすれば気づいてもらえるだろう？いろいろ口笛を吹いてみたが、らちが明かない。思いついて「ラ・ブラバンソンヌ」（ベルギーの国歌）をやってみたところ、これが成功。サラが部屋の窓を開けた。もちろん、フリーデルを呼んでくるわ！

「フリーデル、ここにいろ！」

「無理よ、そんな危ないこと」

「頼むから」

どちらも譲らない。だがフリーデルは長く話していられなかった。着るものを探さなければ。ハンスは、夜が明けたら戻ってくる、ブロックの様子次第で中に入ると約束した。

収容所から出発しようとしている長い列の脇をすり抜け、ハンスは自分のブロックに戻る。男たちはみな震えていた。服らしい服も身につけないまま、すでに数時間も外に立たされているのだ。麻のぼろだけで寒さはしのげない。何人かは毛布を体に巻きつけていたが、ほとんどの抑留者はそんなことをしようとも思っていないようだ。収容所自体がなくなろうとしているのに、規律は守るべきと信じているらしい。

第一九ブロックでは看護夫が整列していた。セップに指示が届いたのだ。病人用の服が配られるから、担架を持って被服所に行け。

八時にはまた労務班がいくつか出発していった。明るくなったので第二三ブロックに行こうとハンスが歩きかけたところ、兵長に鉢合わせした。女性収容棟で看護夫の手が要るという。こうなれば正直に話すほかない。妻と別れの言葉を交わしたいので、一緒に行ってもかまわないか。ルーマニア人の兵長はにやっと笑った。

フリーデルはハンスが来たので大喜びだった。女性の集団もすでに一つ出発しており、仲間はフリーデルのことを探し回っていたが、彼女は屋根裏部屋に隠れていた。ハンスの顔を見ずに収容所を出たくはなかったからだ。ところが、ハンスがフリーデルの前に立ったその時、兵長の使いが呼びに来た。オランダ人、すぐ来い。屋根裏部屋にあるコークスのかまどを洗濯場に運べ。

ハンスは毒づいたが、従わないわけにはいかず、屋根裏に行く。かまどは大きく重いが、腹が立っているので、かえってその重さが心地よい。足を止めずに洗濯場まで行き、床にたたきつけるように置いた。外に出て一息入れていると、兵長がやってきた。ほかの抑留者を連れているが、誰も何も持っていない。ハンスを呼びつけてかまどを運ばせたのは、フリーデルのそばにいられないようにするためだったのだ。まったくどこまで嫌な奴なのか。いや、ここでへこたれている場合じゃない。兵長たちは連れ立って事務室に入っていく。書類をすべて燃やすのだという。ハンスはその隙に姿を消した。そうしてまたフリーデルの前に立ったが、言葉がうまく出てこない。

「やっぱり行くんだね？」

「行くわ。病人はみんな殺されるって」

「だけど移動もつらいよ。頑張れると思う？」

「そうするしかないのよ。ハンス、あなたも行くって約束してちょうだい」

ハンスは一瞬ためらった。そうすると言いながら、初めてフリーデルを裏切っていることを自覚した。収容所からどこに行かされるにしても、ハンスには死ぬほど怖いことだった。その時、扉が開いてコレットが顔を出す。

「サラに残れと言ったんだが、そんな恐ろしいことはできないだと」

ハンスは返事をする。自分も彼女たちの態度は解せないが、この際どうしようもない。

ブロック中に叫び声が響く。「全員整列！」別れはあっけなかった。フリーデルは人に弱みを見せたがらない。そしていまも、自分の中に湧き上がる感情から逃げようとしている。

ハンスは扉のところでもう一度振り向いたが、フリーデルは両手をハンスのほうに向けた。これ以上つらい思いをさせないでと頼むようなしぐさだった。

その日の残りはこれといったこともなく、ただしハンスは呆然と過ごした。この二年間、二人は一緒に戦ってきた。あわやという目に遭ったことも一度や二度ではないが、そのたびに助かった。まず到着した時の選別。それからハンスがビルケナウにいた恐怖の一ヵ月。第一〇ブロックの引っ越しもあった。もはやこれまでという状況になっても、大丈夫だったのだ。だがこれからは？


次の日の朝、厨房のカポが手紙を届けてくれた。

ハンスへ　昨日から女性収容区にいます。あなたの言う通りでした。残ったほうがよかったみたい。ここにいる人はみんなそう思っています。でも無理。サラがもっとしっかりしていたら……。隣のブロックはさっき空になりました。銃床で殴られた人もいたわ。とにかく頑張ってみます。あなたもしっかりね。またいつか会えるわ。あ、こっちにも来たみたい。さよなら。

ハンスは、短い手紙を何度も読み返した。「サラがもっとしっかりしていたら」の意味がわからない。コレットに聞きに行った。

「昨日、男物の制服を三組持って第二三ブロックに行った。サラ二人とフリーデルの分さ。

だけど、おれのサラは踏ん切りがつかなかったんだ」

ハンスは自分が情けなくなった。そんな解決策があったのだ。男物の服を着て、あとは一か八か。それなら一緒にいられたのに。「アルフォンソ、これからどうするんだ？」

「おれたちは出ていかない。何があっても。昨日行かなかった連中は今日出発するはずだ。病人はたぶん残る。おれたちは隠れるよ。途中、雪の中でくたばるなんてごめんだからな」

「隠れるって、どこに？」

「黙っているなら見せてやる」

消毒場の地下室には汚れた服がところ狭しと積まれている。隠れ場所はその下にあった。地下室はコンクリートで、その上は木造。だからもし地上部分が崩れても、ここに隠れていれば安全だ。アルフォンソはそのあたりをよく心得ているらしい。

一時頃、収容区長が構内を気でも触れたように走り回った。「全員集合！」厨房の連中までもが去っていった。まだ何ごともないのは病棟だけだ。SSも移送者と一緒に出発していき、ほとんど姿を見かけない。だが、SSがいないことが知れると、たちまち略奪が始まった。

被服所からは服が引き出された。所持品保管所では紙袋が破かれ、みなこぞって金目のものを漁っていた。厨房の地下にある貯蔵室は扉がこじ開けられ、ほとんどまともに歩けもしない病人が肉の缶詰と塩漬けキャベツ《ザワークラウト》の樽に群がっていた。もっとまずいのは、地下室でウオッカが見つかってしまったことだ。ポーランドのウオッカはほぼ純粋なアルコールだ。のどが焼けるような感じはあるが、味はしない。

午後遅くには、犠牲者が現れだした。飲みすぎて具合が悪くなった。それもちょっとやそっとではなく、かなり、ひどく悪い。嘔吐に下痢と悲惨な状態だ。そこまででなくても、道を転げ回っていたり、側溝にはまり込んでいたり。とにかくめちゃくちゃに酔っぱらっていた。それが波乱に富んだ夜のはじまりだった。

八時。兵長が部下を数人引き連れてやってきた。歩ける者は退去の準備をせよ。ほとんど全員の患者がこの命令に従う。ポーランド人だけは残ると言った。一人残らず病気が重く移送には耐えられないと報告したが、彼らはパルチザンに期待をかけているのだろう。どうするのがいちばんの得策かについて、延々と議論が続く。

ブロックごとに医師が数人ずつ残らねばならなかった。第一九ブロックではアッカーマン（オランダ出身だがユダヤ人ではない）とハンスに決まる。ハンスにしてみれば、出ていくほうが危険に思えた。それに、ここにいればコレットと仲間のスペイン人を当てにできる。

一〇時。兵長が怒鳴った。全員外へ。ここでセップが奇跡のような行動を起こす。玄関の扉に内側から錠を下ろし、その前に立ちはだかると、外に出ようとしている連中を叱りつけたのだ。「ばか者、そんな状態で寒い外に出たらどうなるかわからないのか？　ルーマニア人が迎えに来てから行ってもまだ遅くはないぞ」

ところが、当のルーマニア人は来なかった。つまるところ、例の兵長の手勢はわずか数人、この場を収める力量もない。ヘルメットをかぶり、カービン銃を背中に担い、手には照明。そんな完全武装でも、兵長は心中穏やかではなかった。おいしい生活もおしまい、というわけだ。動転のあまり、第一九ブロックの者が一人もいないことにも気がつかなかった。こうしてセップの土壇場の大胆さが何百人もの命を救った。

ほかの病棟の患者や看護夫が出発してしまうと、収容所はすっかりがらんとなった。病院のブロック三棟には、一緒に行けなかった病人が数百人残された。そして第一九ブロックには、患者全員はもちろん、セップのところに身を潜めようと収容所内のいろんな人が集まっていた。

夜遅く、事件が発生。一一時頃だったろうか、アッカーマンが何人かを連れて厨房に食べものを取りに行った。厨房の前の広場にはSS隊員が一人立っていたが、略奪者の接近だと思ったのだろう、警告なしに発砲した。その一発がアッカーマンの腹に命中、彼は一時間後にこと切れた。これを聞いたハンスは、いま動かなければと痛感した。まさに一触即発の状況だ。

消毒場に行くと、スペイン人たちが激論中だった。地下室に隠れるべきと言う者もいれば、逃げるほうがよいという意見もある。コレットは逃亡派だった。倉庫で見つけた軽機関銃が一挺ある。SSと鉢合わせしても、相手の人数が少なければなんとかなるだろう。

とりあえず、ハンスとコレットが偵察に出ることになった。正門がよく見える場所にある第一五ブロックには明かりがついていた。収容所に残るよう命令された消防班の連中が音楽室からピアノを運び込み、どんちゃん騒ぎをしている。小さな子どもが暗闇の怖さをごまかそうと大声で歌を歌うようなものか。

剣呑な空気は彼らも認めた。だが新しい情報はない。赤軍はまだクラカウの手前にいて、アウシュヴィッツに来るまでには何が起こってもおかしくない。

ハンスとアルフォンソが第一五ブロックから出た時、正門のあたりから人の声が聞こえた。ドイツ語だが、どこかの方言なのか、とてもわかりづらい。二人は忍び足で厨房の角を回り、手鏡で後ろを確認する。ドイツ軍兵士が二人、見張りに立っているのだった。どちらも若くはない。ハンスとアルフォンソは第一五ブロックまで静かに戻り、今度は堂々と正門に近づいた。

「こんばんは」と向こうから声をかけてきた。

「こんばんは。お二人で見張りですか？」

「中隊がこの近くの建物に駐留しているのでね」

兵士の片方が、アルフォンソの腕時計をベーコンと取り換えないかと持ちかけた。アルフォンソは掛け合いを始めるが、それは値段についてというより、周囲の状況を把握するための話だった。だがそこに自動車が突然現れる。ハンスとアルフォンソは逃げようとしたが遅かった。車の中から声がする。そこの二人、戻れ。クラウゼ少佐。アッカーマンに銃を向けた張本人だ。

「ここで何をしている？」

「私たちは看護夫です。見回りの途中でした。何も変わったことがないか、一時間おきに見回りをすることになっています。たとえばブロックから火が出てないかとか」と、ハンスはでまかせを言った。

「見張りはこちらに任せて、ブロックからはもう出るな。まだ残っている病人を乗せる貨車はいま手配中だ。何人くらいいる？」

「二〇〇〇人」ハンスはわざと大げさに答える。それで貨車の手配が遅れるのなら御の字だ。

「よろしい。夜明けに迎えに来る」

消毒場に引き返したあとの話は早かった。一つめの集団はクレンプフナーが先導し、収容所内の工事現場で地下壕に隠れる。二つめは、収容所に向かう道沿いにある街の近くに潜伏する。そして三つめのスペイン人の集団は、アウシュヴィッツの分所があるライスコの村まで移動し、ソワ川に沿って西に延びる道路を見張ることになった。それぞれ一応武器を持っている。もしドイツ軍に発見されても降伏はしない。

全体を三つに分けることにした。

スペイン人たちは最後に出発した。ハンスのほかに、マックス・ファン・デン・フーヴェルも一緒だった。ハンスがいた部屋で部屋係をしていたオランダ人だ。時刻は夜中の一時。第二八ブロックの裏手の鉄条網が切られた。監視塔にいるのは新しくできた収容所警察の係員、とはいえ抑留者だ。〈収容所内の秩序を維持する〉は建前にすぎず、実際には監視塔に立ったり、収容所の周辺を歩き回ったりして、SSの危険な一団が近づいていないか、抑留者が無事に逃げられそうかを見張っていた。

大丈夫だった。この近くにいるSS隊員はクラウゼだけらしい。正門の兵士たちは何ごともないと思っているのだろう。収容所の外は死んだような静けさだ。霧のように細かい雪が舞っている。ハンスたちはできるだけ音を立てずに歩いた。すぐ前を行く人の背中がやっと見える程度に間隔をあけて進む。先頭は〈赤スペイン人〉のルディ。前にライスコで働いたことがあり、道をよく知っていたからだ。


三〇分も歩くとライスコに着いた。完全に撤収されたあとのようだ。ルディが目をつけていた小さな家の前に集合する。扉を押すと開いたので中に入り、階段を上がる。屋根裏部屋に全員がそろうと、アルフォンソが小さなろうそくを灯した。積み上げられている木の台は、夏のあいだ菜園で使われていたものらしい。

「この家を〈ノ・パサラン〉と名づけよう」アルフォンソが重々しく言った。奴らを通す《ノ・パサラ》な《ン》。スペイン内戦で共和国派が掲げた標語だ。それを聞いた全員が、誓いの言葉として繰り返す。ノ・パサラン。

その夜はとんでもなく寒かった。収容所から持ってきた毛布では足りなかったが、暖炉に火をおこすのは躊躇したからだ。ひょっとすると村のどこかにまだドイツ兵が潜んでいるかもしれない。ハンスは寒くて寝られなかった。フリーデルのことばかり考える。いまごろどうしているだろう。ずっと歩かされているのか、それとも納屋や工場のようなところで体を休めることはできるのか。まるで違った展開もあり得たのだ。あの時にサラが怖じ気づかなかったら、いま一緒にいられたはず……。自分たちはここで、わりと安全だと思う。それに比べてフリーデルはどうか。厳しい行進に耐えられるのか。いや、考えたくはない。考えてはいけない。そこでハンスは数分まどろむものの、誰かが立てるわずかな音に驚いて目が覚めるのだった。

その夜に恐怖から生まれた幻覚は、その後もハンスの頭から離れなかった。雪の中に横たわるフリーデル。ぞっとする光景だ。後頭部を撃たれた状態で一人死んでいる。そうでなければ死体の山に埋もれている。あきらめたような微笑を浮かべている顔(死に際にハンスのことを思ったのだろうか)。あるいは恐怖と戦慄にゆがんだ顔。いずれにしてもフリーデルは必ず雪の中に倒れている。

ようやく夜が明け、仲間たちが目を覚ました時、ハンスは心底ほっとした。みなだいたいよく眠れたようで、解放が迫っていることを実感しているのか、落ち着いていた。屋根裏部屋の窓からは、小ぶりの家々はもちろん、雪をかぶった平原が見渡せた。川に沿った道と製材所の建物も見える。人の気配はまったくなかった。煙突から煙が出ている様子もない。本当に誰もいないのだろう。ハンスたちの足跡は雪に消えていた。安心できそうだ。

一階の部屋は作業場になっていて、台の上には大工道具が置かれていた。それを一方に寄せ、自分たちが持ってきたものを並べる。各自の荷物は棚に収めた。ハンスの荷物は少ない。包帯を入れたブリキ缶と、食べものが少し。食べものは共通の置き場所があったので、そこに置いた。

地下室には練炭がたっぷりあった。火をおこそう、いやそれは危ない、と少し口論になる。煙はかなり遠くからでも見えるのだ。だが結局は慎重さよりも暖かさが勝った。

日が高くなるにつれて、くつろいだ気分が広がった。午前中早い時間は、氷を取りに外に出たきりだった（溶かして飲み水にしたのだ）が、しばらくすると村の探検に出かけ、収容所の分所まで行ってみた。いまは誰もいないが、少し前までは菜園で働く女性たちが住んでいた、きれいなバラックだ。菜園は悪くない労務班だった。

だが、ハンスは食堂の様子に打ちのめされた。テーブルにはまだスープが入ったままの椀があり、床には女性たちの私物が散らばっている。毛糸玉、お守り、櫛、ハンカチ。そんなものは置いていけと言われたのだろう。彼女たちはいまどうしているのか。そう思った途端、またあの幻覚が現れた。

とはいえ、ここで感傷に浸っている暇はない。わら布団に食器、ほかにも使えそうなものはすべて隠れ家に運び込む。よく燃える暖炉のそばでたっぷり食べたあと、屋根裏部屋の窓から見張りをする一人を残し、ハンスたちは暖かい部屋のわら布団の上に横たわった。今夜は毛布が足りないこともない。疲労と安堵がない交ぜになって眠気に引き込まれると、身の毛もよだつ幻でさえ、鈍い悲しみに変わる。こうしてハンスは、何時間も続く深い眠りに沈んでいった。

その次の日は何ごともなく終わった。雪に覆われた平原には人っ子ひとり見えない。ところがそのまた次の日、扉がどんどんとたたかれた。突然のことに慌てふためく。外をうかがうと、ドイツ軍の兵士が立っている。屋根裏部屋の見張りは気がつかなかったようだ。窓からは一カ所死角があるのだが、そこを通って家に近づいたに違いない。

手早く相談する。「中に入れよう」とアルフォンソが言った。全員帽子をかぶって坊主頭を隠し、扉を開ける。兵士の態度はふつうで、怪しんでいる様子は少しもない。

こんな辺鄙などころになぜいるのか、と聞かれた。

クラカウの向こう側の工場で働いていたんです、と説明した。民間人労働者ですが、全員外国人です。赤軍が近づいてきたので逃げました。三日歩いてここまで来て、これからに備えて休んでいました。兵士は、わかった、三人来い、と言った。バラックにわらを運ぶ仕事に手が要る。まもなく中隊が到着する見込みだ。

兵士が出て行ったあと、アルフォンソは〈赤スペイン人〉のナーゼを叱りつけた。まだ制服のズボンをはいているじゃないか。「ばか野郎、お前のせいで全部ばれたらどうする！ 何てことだ、収容所には山ほど平服があったのに」運よく余分のズボンを持っている仲間がいて、この問題は解決した。

兵士たちは村に数日滞在した。一度はアルフォンソとルディがトラックに同乗して収容所に行ってきさえした。SSの食堂から食べものを取ってくる手伝いだ。二人は分け前をもらって帰ってきた。練乳、マカロニ、野菜の瓶詰、肉にシャンパン。SSはずいぶんたくさん残していったものだ。しかも、ハンスにはサクソフォンのおみやげまであった。やはり収容所で見つけたらしい。

ある日の午後、兵士が一人やってきた。ほかの連中よりは小賢しそうな印象だ。家に入ると追跡中のパルチザンの話を始めたが、そうしながらハンスたちに詮索するような目を向ける。ハンスは自分から彼に話しかけ、話題を変えようとした。ところが、兵士はハンスを指さして言い放った。「お前、ユダヤ人っぽい顔だな。ちょっと帽子をとってみろ」場が凍りつき、気まずい沈黙が降りる。緊張を破ったのは兵士のほうだった。

「いや、別にどうだっていいぞ。自分はあのどえらいSSとは違うからな!」

ほっとした空気が流れる。ハンスは震え上がっていたのだが、思わず練乳の缶詰を三つ差し出した。兵士が帰ってしまうと、ハンスは非難の集中砲火を浴びた。なぜ出しゃばるのか。なぜあんなばかなまねをするのか。兵士に缶詰を渡すなど、賄賂にしても幼稚すぎる。あんなもので相手のよこしまな考えをどうにかできると本気で思っているのか。

ハンスは、仲間の指摘は正しいと認めた。「確かにそうだ。ぼくがしたことは、潜伏先で捕まってここに送られたユダヤ人とちっとも変わらない。オランダでもそれでしょっちゅう衝突が起きている。ユダヤ人といってもいろんな人がいる。これまで政治とかかわりを持ったことがなかった知識階級の人間。状況を理解しないまま潜伏生活を送っている商売人。彼らに政治的な状況を見極める力はないし、ひねくれた態度を取りがちなこともあって、足がつきやすい。そして潜伏先の家族を巻き込んでしまうんだ。でもわかった、これからは気をつける」

その日のうちに兵士たちは村を出て行った。夕方、暗くなってきた頃に、ジャックとルディが偵察に出る。収容所の様子も確かめてきた。見張りはおらず、おかげでうまく回っているようだ。重病人がほとんどだが、看護夫その他、元気な人もまだ十分いる。とりあえず、すべて順調。ひとつだけ気になることを聞いた。ビルケナウにはまだ女性が何千人も残っているらしい。

その話はアルフォンソの興味を引いた。「何千人だって？　どういうことだ？　ビルケナウは先週撤退が始まった時、ほとんど空っぽだったじゃないか。そのあと三〇〇〇人が出発したけど、それはアウシュヴィッツから移った分だ。出ていったものの戻ってきたのか？　それなら赤軍に包囲されているっていうのは本当かもしれないな。明日の朝早く行ってみる。これは自分で見たい。ジャック、行くか？」

「ぼくも行く。連れて行ってくれ。フリーデルがいるかもしれない」

「行きたいだって？　お前が行けばめちゃくちゃになる」

ハンスは何も言い返さなかった。きっとなんとかなる。

さんざん議論したあげく、ハンスも行けることになった。

アルフォンソの言う通りにすること。ほかの二人から離れないこと。途中誰かと行き会っても黙っていること。ハンスは苦笑いする。要するに、同志としてはあまり頼りにならないと思われているわけだ。それでも連れて行ってくれるのは、ハンスにとってどんなに大切なことかを知っているからだ。

夜が明けるとすぐに出発した。アルフォンソが先頭を歩く。軽機関銃はよくよく考えた末に置いてきた。三人は収容所分所のバラック群を通りすぎ、見通しのよい野原に出る。雪は三〇センチほども積もっていたが、毛の靴下にブーツで固めた足元には苦にならなかった。

一時間歩くと線路に出た。ビルケナウのバラックが見える。収容所の正門まで進むと、雪の中で女性が一人、柱にもたれていた。ゆっくりと手を動かすので、ハンスがそばにしゃがむ。

「もう食事の時間？」

ほとんど聞き取れない声だった。そしてまた目を閉じてしまう。雪の上にずいぶん長く座っていたのだろう。

ジャックがハンスに声をかける。「行くぞ。それとも全員助ける気か？　何千人と雪に埋もれているのに」

ジャックの言った通りだった。三人は、構内をまっすぐに横切る線路に沿って歩いた。線路の両側にはバラックが延々と並んでいる。すべてが白く、死んでいる。線路に並行する道〈収容所通り〉はまさに収容所の真ん中に位置するわけだが、この道には女性が倒れていた。それも一〇メートルおきに一人というような間隔で。

ほとんどが年かさの女性だった。すでに衰弱していて、行進についていけなかったのか、あるいは何時間もかかった点呼の最中に倒れたのか。いずれにしても異様な姿勢だ。ハンスはそれまでにもたくさんの死体を目にしていたが、こんな奇妙な死体は初めて見た。両腕で足を抱えるようにした死体。最後の瞬間に体を起こそうとしたのか、片手を空に差し伸べている死体。ただし、そのどれも頭から血を流している。うなじを撃たれているのは、慈悲深い護衛が彼女らを苦しみから解放するためにとどめの一発を放ったせいか。彼女たちが赤軍に解放される可能性を葬り去るためだったのか。

裸同然の死体が多かった。身につけていたものは剝ぎ取られたようだ。靴はすべてなくなっていた。

収容所通りを五〇〇メートルほど進むと、この道をそれて二列に並んだバラックのあいだに消えていく足跡を雪の上に見つけた。それをたどることにする。

二、三〇〇メートル先に、初めて生きて動いている人の姿があった。女性、いやまだ子どもだ。その子はハンスたちに気づき、バラックの一つに走り込む。三人は歩み寄り、アルフォンソが扉を押し開けた。息が止まり、足がすくむ。そこでこみあげてきた嫌悪感には覚えがある。それは、胸が悪くなるようなクロロホルムの甘いにおいの中で、自分に忍び寄る死を意識した病人に抱くものと同じだ。ハンスは戸口の柱を握りしめた。哀れな生きものが繰り広げる地獄絵図を前にして、頭がぐらぐらする。倉庫に押し込められた半死半生の人々。

この上なく悲惨な状態でまだ息がある者と、運よく死ねた者。その区別なく木の寝台に折り重なった人間の体。視線をそらすことができないでいると、弱々しい声も耳に入ってきた。うめき声だけではない。ハンスたちの姿を怖がる声、助けを請う声。三人は気持ちを奮い起こし、バラックに足を踏み入れた。

まだ体力のある何人かと話をしたが、彼女たちの言うことは同じだった。六日前、全員集合の命令が下った。看護婦も全員。病人でも、少しでも歩けるなら収容所を出なければならなかった。残された者は寝たままだ。食べものの世話はもちろん、介抱してくれる人も、死体を運び出す人もいない。そんなことをする力は誰にもない。用を足しに外に出て行ける者もわずかで、ほとんどは寝たままますませている。排泄物の臭気は、紛れもない死臭、それから凍傷で黒くなった手足から立ちのぼるガスのにおいに混ざっていく。

チェコ人の娘とも話をした。ここにいるのはみんなビルケナウの人です。移送された女性が戻ってきたという話は知りません。彼女自身は両親と双子の妹の四人でテレージエンシュタットからビルケナウに来たそうだ。双子の姉妹だったおかげで、当初は家族全員が面倒なことに煩わされないですんでいた。なにしろ、双子の血液検査は医官の趣味のひとつだったからだ。ところが、ある時点で父親の居場所がわからなくなり、母親は二カ月前に赤痢で死んだ。このバラックでは妹とひとつの寝台に寝ていたが、その妹も昨日の夜に死んでしまった。死ぬ間際、妹は体の向きを変えたいと言った。最後にもう一度顔を見ておきたい、と。姉妹は力をあわせてやり遂げた。娘が言うには、おそらく自分も今日死ぬ。もう力尽きました。

ハンスは毒づいた。この家族のありし日を想像してみる。父親、母親、二人の若い娘。プラハでの暮らし。たとえばある夏の日、四人は散歩に出かけ、外で冷たいものを飲んでいる。父親は会社の話をし、母親はそれを褒める。ここまで何年も努力して、夢を実現できたのは本当に立派だわ。その時、同じ学校の男の子が通りかかり、恥ずかしそうに手を振る。そこで姉妹はお互いをからかい合う。

「ほう、いまのは誰に手を振っていたんだ？」

父親のひと言に二人とも顔を赤らめ、家族みんなが笑う。

そんな家族が消えた。ここに横たわる最後の一人は、足が凍り、妹の遺体に頭を預けて泣きながら、死ぬ時が来るのを待っている。


三人は隣のバラックにも行ってみた。戸口に男が立っている。ハンガリー人だ。

「どうやってここに来た？」とジャックが聞いた。

男はびくびくしていた。誰かに脅されているかのように後ろを振り返る。そしてジャックの腕をつかみ、離す。頭をなで、また後ろを見る。とにかく混乱しているようだ。片言のドイツ語で話し出す。「先週ここから出た。自分の隊は一二〇〇人いた。ひどい行軍。昼夜休みなく歩かされた。自分は歩けた。ましな労務班だったから。でも、くたくたの連中も大勢いた。初日で一〇〇人は脱落。雪の中に倒れると、SS隊員は三まで数えて、それから撃つ。丸一日で四〇キロ歩いた。その次の日も歩き続けた。三日で一〇〇キロ。隊は七〇〇人になっていた。上シレジアの道路はどこも死体だらけだ。三日目の夜、どうも様子がおかしい。隊は停止して、SSは話し合いに忙しい。進路が赤軍にふさがれたそうで、そこからは森の中を行くことになった。切り通しの道だ。SSは両脇の数メートル高くなっているところを歩いていたが、突然一斉に撃ってきた。自分は木の切り株の陰に隠れたおかげで助かった。ＳＳが行ってしまうと立ち上がった。生きていて、小さくうめいている奴も多かった。でも歩くのはもう無理だ。腹や足を撃たれていたから。三人で収容所に戻ることにした。昼間はどこかに隠れて、日が暮れてから歩いた。農家で食べものを分けてもらえることもあった」

「どの隊でもそんなことに？」ハンスが尋ねる。

「それは知らない。でも、また会える人は多くないはず」

希望を持てる返事でなかったのは確かだ。あの幻覚は本当のことなのだろう。それでも人生は続き、地球は回り続ける。まったく不思議だ。ふだん人間は、自分と自分が愛する人たちがこの世界の中心、何よりも大切だと感じている。だが、幸せに暮らしていようと、雪の中で野垂れ死にしようと、そんなことに世界は頓着しない。

男たちは中に入った。オランダ人の娘がいた。アーデルハイトという名前で、ハンスに向かってどうか助けてほしいと言う。ポケットに入れていたパンをひと切れ渡すと、飢えた動物のように飛びつく。まわりの女性たちも体を起こす。私にはくれないの？

ハンスはいくつも約束を交わした。ほかに何ができただろう？　その約束を守れないこと、彼女らを助けられないことは自分でよくわかっていた。ありったけのものをここに運んでこられたとしても、それらは役に立つどころか、新たな争いと苦痛の種になるだけだ。こんなバラックは五棟ある。二〇〇〇人の女性と何百という死体。この状況を誰が解決できる？　赤軍？　それならどうして来ないのか。大砲の音が近づいてこないのはどういうわけだ？

もちろん、ここにいる二〇〇〇人の哀れな人々は、ナチに翻弄された何百万人のほんの一握りにすぎない。だが、彼女たちはこの戦争がもたらした最大の惨事を生き残った。偶然にも命があったから、暗黒の歴史のページには〈ビルケナウ〉を書き足せる。

ハンスたちが〈ノ・パサラン〉に戻った時にはもう日が暮れかけていた。みなで赤々と燃える暖炉のそばに座った。マックス・ファン・デン・フーヴェルがコーヒーを淹れていると、上で見張りをしていたアルフォンソの声がした。「頭に包帯をした女一人」

全員が屋根裏部屋の窓際に集まり、どうするかを相談する。

その人は数百メートル離れたところで、家々のあいだを手探りをするようにゆっくりと歩いていた。夕闇が迫る中、姿形を見分けるのは無理だったが、頭に巻かれた白い包帯ははっきりと判別できた。

「ジャックとルディで見に行くか」とアルフォンソが言った。「気をつけろ」

「わかった、いったん塔まで行って戻ってくる。そしたら行き会うだろう」

二人は出ていき、二、三分後にはその人の前に姿を現した。相手は驚いた様子でドイツ語で聞く。どなたですか。

「作業員、この辺の者です。大丈夫ですか?」

彼女は一瞬ためらうような視線を返した。そして戸口にもたれると、とうとう気持ちが抑えられなくなったのだろう、わっと泣き出した。ジャックが背中に手を添え、そのまま〈ノ・パサラン〉まで連れてくる。暖炉のそばに集まる男たちの坊主頭を見ると、泣き顔に微笑が浮かんだ。火の近くに座らせて、マックスがコーヒーを渡す。マックスは単刀直入に切り出した。

「どこから来た? そのけがはどうした?」

驚いて縮みあがるのを見て、ハンスが怒る。

「こら、ちょっと一息つかせてやれよ」

その娘がハンスを見た。そして「オランダ人ですか?」とオランダ語で聞いた。

ハンスはびっくりしつつ名前を名乗る。

「ウェステルボルクにいらっしゃいましたね、覚えています。私、ローシェっていいます……登録局にいました」

ハンスはローシェの肩に手を置いて、少し休んだほうがいいと言った。「その頭はどうした？」

「銃床で殴られて。農家の人が包帯だけ巻いてくれたんです」

包帯とはいえ、それはシーツを裂いたものだった。ハンスはブリキ缶を取りに行き、その間にルディが頭の包帯をほどく。髪の毛全体が血で固まっている。

「過酸化水素なしで、どうやってきれいにしよう？」

「切ってください。どうせシラミもいるし」

ハンスはこの潔い返事に感心した。そこで、気は進まなかったものの、ローシェの髪を全部切り落とした。傷は大きくないが頭皮全体に及んでいる。かなり痛むだろうが、よく我慢した。新しい包帯を巻いてもらうと、ローシェは積み重ねたわら布団の上に横になった。男たちは黙ってコーヒーを飲む。

ローシェは堰を切ったように話しはじめた。「私、ノイベルンの近くの収容所にいたんです。四カ月。母と妹と一緒でした。母は先月亡くなりました」

「ウェステルボルクからはいつ来た？」

「半年前にウェステルボルクからテレージエンシュタットに送られました。それから一週間ビルケナウ、そのあと労働収容所に行かされました。一四歳から六〇歳までの女が一〇〇人。本当は一六歳から五〇歳までだけど、怖くて五〇前だってごまかした人が大勢いたから。初めは麻のテントで寝起きしていました。でも一一月になって雪が降りはじめると、木の小屋ができました。四〇人用の小屋に一〇〇人。だからシラミや疥癬がすごくて」

「仕事は?」

「きつかった。監視はSS特務部隊《ゾンダーデイーンスト》の黒服二〇人。SSの曹長と政治局員も一緒です。一日分の食事はパン三〇〇グラムとスープ一リットル。ほかのものが足されることはなかったし、融通するような余裕もなかった。四カ月で二〇〇人が死んでしまいました。母も」

「医務室はなかった?」

「病院がわりの小屋はありました。ハンガリー人の子たちに言わせれば〈待合室〉ですけど。もう本当に救いようがない状態になってから行って、死ぬのを待つ部屋だから。そう、みんな死ぬのを待ってました。すごく惨めだった」

「医者もいた?」

今度はマックスがハンスに強く言う。「なんでそう話の腰を折るんだ」

「母が死んだ時、墓穴を掘らされました。あんなに悲しく情けない気持ちになったことはありません。母は死んで楽になれたと思います。すさまじい苦しみようでしたから。母は聡明な人でした。いつもいろんなことに興味をもっていたのに、最後のほうは食べもののことしか話さなくなってしまいました。ひどい下痢が続いて、足もむくみきっていて。でも死ぬ四日前まで仕事に出ていました。正直なところ、これからどうやって生きていけばいいのか。父はもういませんし、母も死んで、妹はいなくなってしまうし」

ローシェはため息をつき、少し黙った。

「妹さんはいまどこに？」アルフォンソが尋ねる。

「わかりません。見失ってしまったんです。先週、アウシュヴィッツの抑留者が行進していくのを見かけました。ものすごく長い列で」

「女性もたくさん通った？」とハンス。

「ええ、でも誰とも話せませんでした。歩哨が近づくなと言って見張っていたので。私たちもすぐに出発することになると思いました。でも、じつは一昨日まで作業に出ていたんです。戦車壕を掘っていたから長くやらせてたんでしょう。急に『全員集合』の号令がかかったのは昨日の朝早くです。病人と靴を履いていない人は整列しなくてもよかった。そうやって二〇〇人以上が残ることになりました。靴があんまりぼろぼろになって、雪の中裸足で働いていた人も多かったんです。結局出発したのは五〇〇人。その人たちがどうなったかは知りません。私たち残った者は死ぬものと思っていました」

ローシェは唇を噛む。

「続きは言いたくない？」ハンスが尋ねる。

「言っても信じてもらえないと思います」

「どうして？　ＳＳがやりたい放題にやっていることはすっかりばれているじゃないか。ぼくだってオランダにいた頃は、イギリスのラジオでポーランドのユダヤ人がガスで殺されているなんて聞いても信じられなかった。でもいまは残念ながら違う。信じないどころじゃない」

ローシェは肩をすくめた。「いつかオランダに帰って全部打ち明けるとしましょう。でもオランダ人は信じないと思います」

「もちろん信憑性は大切だ。公式の報告書が出て、ぼくらの話が本当だったと証明されることになるんだろう。それでも信じないと言う人には、逆に聞いてみるよ。だったらぼくの母親はどこですか、父親は、兄弟はどこにいるんですかって。そんな人が何万人といるのに……」

「そうかもしれませんね……一団が出発していって、私たち二〇〇人と曹長、それから歩哨が二人残りました。すると曹長はブロック二棟を回って、全員に注射をしたんです。腸チフスの予防注射で、静脈に打つものという話でしたけど、私たちにはわかりました。ただ、曹長はうまく静脈に入れられなくて、それで死んだのは二人だけ。話せなくなって、何時間かあとに錯乱状態で亡くなったんです。人数分の薬はもとから用意できなかったのでしょう。結局曹長に注射を打たれたのは五〇人くらいでしたから。午後になると曹長は歩哨二人とブロックに来て、歩ける人を外に集合させました。まともに服も着ていない女が一〇〇人、裸足で雪の上に立たされて。ほとんどの人が体に毛布を巻きつけてはいましたが。とにかく惨めな光景でした。できるだけ苦しまないように。そればかり考えていました。目がくぼんで頬もこけた顔に恐怖はありません。このあとどうなるかはみんなわかっていました。というか、四カ月前からそう思っていました。お腹が空くのも寒いのも、もうたくさん。けがもシラミも疥癬も、もうたくさん……」

「でも、赤軍がすぐそこまで来ているって知らなかったのか？　逃げるなり、抵抗するなり、自分たちでできることは何もなかったのか？　SSは三人だけだったんだろう？」

熱く問いかけたのはアルフォンソだった。スペイン内戦の闘士。責め立てるような口調だ。これまで命がけで戦ってきた男として、言わずにいられないらしい。それではあまりにもふがいないと思っているのだ。ローシェは微笑んで続ける。

「ええ、逃げた人もいましたよ。でも、足を交互に前に出すのもやっと、という人がほとんどだったんです。そのくらい衰弱していて。だから死ぬことは、戦う相手ではなくて、救いの手でした。ハンガリー人のユディットという子が泣いていると、曹長がユディットの胸を小突いて言いました。

『泣くな、間抜け』

『私たちをどうするんですか？』

『全員殺す』

『でも、両親にまた会いたいんです』

『会えるさ、あの世でな』

そのあと私たちも出発しました。一歩一歩、互いに体を支え合いながら、足を引きずってゆっくり歩きました。行き先は戦車壕。自分たちで掘った壕です。三〇〇メートル先なのに、半時間近くかかりました。途中で逃げようとする人もいましたけど、だいたい曹長にすぐ追いつかれてしまいました。それでも何人かはうまくいって。

半分くらいまで来たところで、私たちも逃げようと妹に言いました。妹は突っぱねた。そんな体力はもうないから無理だって。でも、曹長が五〇メートルくらい列から離れたおばさんを追いかけはじめた時は歩哨も列の反対側に立っていたから、妹を引っ張って必死に走りました。だけど曹長はすぐ戻ってきて、今度は私たちに迫ってきた。走って逃げたといっても、せいぜい一〇〇メートルくらい。アンヤはもう足が止まりそうになっていて。だから、その時しかなかった。アンヤに向かって叫びました。飛び込め！　って。アンヤは壕に転がり込んで、私は無我夢中で走りました。曹長はアンヤには目もくれず、私を追いかけてきました。あんなにたいへんな思いをしたことはありません。体力も気力もすっかりなくなってしまった」

ローシェはしばらく黙っていた。目に涙があふれる。「私は曹長に追いつかれて、列に戻りました。戦車壕まで来ると、全員腹ばいになれと言われました。そして機関銃の一斉射撃が三回。私は死にませんでしたが、正気ではいられなかった。考えていたのは『神様、どうか死なせてください』、それだけ。耐えられませんでした。でもＳＳは仕事の仕上げにかかりました。いま自分たちが撃った人たちの頭を銃床で殴っていくんです。血しぶきが飛んで、女たちの体にはもちろん、ＳＳの男三人と白い雪にもかかり、何もかも真っ赤に染まったのを見ました。そこで私も殴られて、すべて終わりました」

ローシェは深いため息をついた。

ジャックが彼女の腕を優しくなでる。信頼できる仲間に心の中を打ち明けて、楽になったのだろうか、うれしいのだろうか、少し笑顔になる。

「でも、仕上げは雑だったんですね。しばらく、たぶん一時間くらいして気がつきました。壕の中で。まわりの人たちはみんな殺されていましたけど、私は生きていた。自分の中で何かが変わったのを感じました。ここで死ぬわけにはいかない、と思ったんです。この話をするために。この話をみんなに知らせて、本当にあったことだと説得するために、生きていよう、と。復讐したい気持ちもあります。母のため、婚約者のため。殺されてしまった何百万人の人たちのため……。結局は同じことなのに、そのための手段はたくさんあります。ガス殺、絞首刑、溺死、餓死、ほかにもいろいろ。でも私はどの犠牲にもならずにすんだ。死ぬ体験はした。だからその話ができる。私はその話をしなければならないし、していくつもりでいます」

ローシェはそこで言葉を切り、ハンスたちのほうを見た。彼らは険しい顔で静かに座ったまま、大砲の音を聞いている。かなりの轟音だ。

「一〇キロ」とジャックが言い、男たちは歯を食いしばった。あと一〇キロ。あと一〇キロで自由の身だ。いや、自由とも言えない。彼らにはなすべき仕事がある。この場の全員に共通する人生の目的。それは自分たちの体験について大きな声で話すことだ。自分たちは復讐の使徒だ、と彼らは感じた。務めを完璧に果たせば、あの暴虐はこの世から根絶やしにできるだろう。復讐を通じて世界の罪を除き、新しい人間主義への扉を開くのだ。

「体は半分凍っているような感じで、ひどく頭が痛かったけれど、なんとか壕から這い上がることができました。アンヤが落ちた場所までよろよろしながら戻りましたが、もういなかった。でも雪の上に足跡があったので、無事だったはずです。

そのあとはブロックに行ってみました。一緒に出発できなかった人たちの死体がありました。私たちが出てから殺されたに違いありません。ふらふらと第八ブロックに入りました。チフス患者のブロックですが、入った途端、猛烈にうれしくなりました。ブロックが生きていたからです。いままでと同じで、ここでも仕上げが甘かった。曹長があの朝『チフス患者は放っておいても勝手に死ぬ』と言っていたのは本心だったのでしょう。でも放っておいたから死んでいなかった。私はわらの上に横になって眠りました。夕方近くなった頃、もうひとつびっくりすることがありました。ドイツ軍が入ってきたんです。でも、何もされませんでした。それどころか、兵士たちは収容所の倉庫からありったけのものを取ってきて、私たちに食べものと着るものを配ってくれました。暗くなって、私はバラックを出ました。ビルケナウに行くつもりでした。アンヤも夫を探そうとそっちに歩いたかと思って。雪の中を歩くのはとてもたいへんでした。明るくなった時にはとんでもなく道に迷っていました。農家の人が助けてくれたんです。包帯を巻いてもらって、食べものも。昼間はずっと寝ていました。で、また夕方外に出て、いまは……」

ハンスたちは、SSの危険は本当に終わったのだと感じた。ここから最後の戦いが始まるとすれば、こんな無人の村よりも収容所にいるほうがむしろ安全かもしれない。そんなわけで、何人かが収容所に戻った。ハンスが担当していた病室の患者たちは、幽霊でも見たかのような顔をした。小柄なオランダ人の部屋係ヤーピは、ハンスを見て大喜びだった。ひどく不安な日々を過ごしていたらしい。

ハンスは技師のゲドルの隣に座った。

「抜け出して正解だったよ」

「どういうこと?」

「じゃあ、昨日のことは知らないんだな? 昼の三時にSSの分隊が来たんだよ。黒服で完全武装、絶滅部隊の連中だ。ブロックに踏み込んでくるなり、小銃を振り立てて全員を外に出した。ズロビンスキーのじいさんは、かわいそうに頭を割られたよ。本当に重病の患者も外に立たされた。看護夫か、まだ動ける病人が支えていたけどな。そのあとすぐ、中に入ってよしと言われた。おれらを列車まで乗せていくトラックを調達してくるから、この次に命令があれば直ちに全員集合しろだと。連中はそれからビルケナウに行って、おんなじことをやったんだ。向こうはベッドから出られない奴が多かったけどな。ビルケナウからアウシュヴィッツに向かって、病人一〇〇〇人くらいの行進が始まった。収容所を出て二、三〇〇メートル進んだらトラックが一台来て、何か言った。そしたらSSの連中はそのトラックに飛び乗って行っちまった。それっきりだ。病人はだいたいビルケナウに帰ったが、まだそれなりに歩ける奴らはアウシュヴィッツまで来た」

「トラックから何を言ったか知ってますか？」

「近くにいた奴らの話だと、『列車がもう来た』。この地区のSSを避難させる列車が、もともとは七時に来るはずだったらしい。だけど二時間ばかり早く着いたんだな。おかげでおれらはみんな助かった」

「全員殺すつもりだったということですか？　本当に？」

ゲドルはヤーピを二階にやって、誰かを連れてこさせた。小柄な男性で、ひどく具合が悪そうだったが、それでも態度には断固としたものを感じさせた。「ドクター・ヴァイル、スロヴァキアの出身です」

ハンスは握手を交わした。「もうすぐお帰りになれますね」

「帰るところがあれば、ですがね。私の家族はここで一掃されてしまいましたので。いや、昨日の話でしたね。私は昨日、九死に一生を得ました。私は、ここから三〇キロ離れたトシェビニャの炭鉱で医師をしていました。その分所からは六〇〇人が出ていき、私は九〇人と一緒に残っていました。ほとんどが病人です。昨日の昼頃、SSの分隊が来ました。一二人。歩ける者はバラックの前に集合させられました。そのあと数分のうちに、ベッドに寝ていた病人は全員拳銃で撃ち殺された。外に集まっていたのは私を含めて四〇人ほどでしたが、わら布団の上に死体を積み上げろと言われました。わら布団と死体を交互に重ねていくわけです。ええ、火をつけるために。それで、私たちが布団なり死体なりをバラックから取ってくるたびに、一〇人くらいに待てと言って、彼らのことも撃ち殺した。あるSS隊員には『お疲れじゃないですか？』と三回聞かれましたよ。なぜ三回とも大丈夫ですと答えたのかは自分でもわかりません。どうでもよいことですが。とにかく、私が最後の死体をバラックから運び出していると、平服の男が近づいてきました。知った顔、炭鉱のゲシュタポ主任でした。薬を融通してやったこともあります。『あそこで有刺鉄線を越えてみませんか？』と持ちかけられた時は、からかわれているのだと思いました。でも、私に失うものは何もない。だからやってみた。奇跡中の奇跡と言うべきでしょうか、彼は本気だったんです。それで逃げられたというわけです」

ゲドルが引き取って続ける。「そう、その一時間後にここに来たのは同じSSの連中だ。だから、どんなことになりかねなかったかもわかるだろう。幸い、勇士の面々はおれらに対して本分を尽くすよりも、自分らが列車で逃げるほうが大事だったんだな。おれらがいま生きていられるのは奇跡の連鎖のおかげってことだ」

「砂糖が要る。砂糖がないとパンケーキが焼けない」ヤーピが力説する。

ハンスはどこかで砂糖を見た気がした。第一四ブロックじゃなかったか。袋を持って行ってみる。

第一四ブロックには何もなかった。第一三ブロックをのぞく。地下室に男が三人座っていた。たばこをくゆらし、平然としている。ハンスは声をかけ、砂糖のありかを知らないかと聞いた。いちばん年かさの男が微笑する。「ここのことは何も知らない。昨日ビルケナウから来たばかり」ひどいドイツ語だ。

ハンスは、お国はどちらですか、とまず聞き、よかったらフランス語で話しましょうか、と言い添えた。確かにそのほうが話しやすい。相手は名前を名乗った。カベリ、正式にはカベリ教授。アテネの大学で文学部の教授をしていたそうだ。ハンスはその場に腰を下ろし、教授に尋ねた。どの労務班にいらっしゃったのですか。

「特務班《ゾンダーコマンドー》」

ハンスは飛び上がりそうになった。特務班にいたという人に会ったのは初めてだ。すべてが終わったいま、ビルケナウで何が起こっていたかを聞けるのだろうか。

教授はまた笑みを浮かべる。「ご自分からは頼みづらいか。でも私は話すのは嫌ではありませんよ。オランダに帰ったら、すべてを正確に伝えたいでしょう？」

「特務班には長くいらしたんですか？」

「一年。ふつうは二、三ヵ月で死んでしまうところですが、私は保護されていたのでやっていけました」

「クレマトリウムのことを教えていただけますか？」

「いいですよ。クレマトリウムは四つ。1と2は降車場の近く、3と4はジプシー収容区の裏手、モミの林の中にありました。収容所が北側に出っ張ったところです。私は大勢のギリシャ人と一緒にクレマトリウム3と4で働いていました。クレマトリウム3の図を描いてみましょうか。一度に七〇〇人から一〇〇〇人が入ってきます。男も女も子どもも一緒くた。赤ん坊も年寄りも、病人も元気な者も関係ありません。まあ、健康な若い男女は列車を降りたところでたいてい労働力に選別されるわけですが。でも、移送されてきた集団がそのままクレマトリウムに来ることもよくありました。まず待合室Aに入り、そのあと狭い廊下を通ってBの部屋に行きます。ここの壁にはいろんな標語が貼ってあります。〈清潔第一〉〈石鹸を忘れず〉……最後まで浴場に行っていると思い込ませるわけですな。

このBの部屋で服を脱ぐように言われます。四隅は機関銃を持ったSS隊員が固めていますが、銃を使うようなことは起きません。みんな静かに指示に従います。ここで死ぬとわかっている人も、抵抗しても無意味だと感じているのです。抗《あらが》っても無駄なだけなら、なるたけ苦しまずに死なせてほしい。そう考えるのでしょう。たまに移送列車の到着が重なると、短い時間に急いで処理をする必要が出てきました。そんな時には特務班が駆り出され、服にはさみを入れて脱がせたり、時計や宝石の類を引きちぎったりしました。長い髪の毛は切り取ります。産業用に使えるので。そうしてこの人たちは〈浴場〉に押し込まれるわけです。ここは広くて、照明がついています。天井にはシャワーが三列に取り付けてあります。全員中に入ると、電気仕掛けの大きな扉が閉ざされます。扉の縁にはゴムがついているので、部屋は完全な気密状態になります。惨劇が始まるのはここからです。ガス剤は缶に入っています。えんどう豆くらいの大きさの粒で、たぶん〈シアン化エタン〉のガスの結晶でしょう。シクロン、というやつです。天井のシャワーのあいだには小さな窓があって、SS隊員がそこにガス剤を放り込み、即座に閉めます。そしたらガスが気化して、五分もしないうちに終わり。多くの人は何が起きているかわからずに死んでいったでしょうが、わかっていた人は長く息を止めていようとしたので、体をよじらせ、苦悶の形相で事切れる。ただ、そんなふうに運ばないこともありました。ポーランド系ユダヤ人の子どもたち二五〇人がガス室で殺されるはずだった日のことを覚えています。あの子たちは服を脱いだあと、進んで一列に並び、〈シェマー・イスラエル〉を唱えながら一糸乱れずガス室に入っていきました。イスラエルよ、聞け――ユダヤ人の最期の祈りの言葉を口にしたのです。SS隊員は腕時計を見ていました。扉も小窓も閉めたまま、五分待たなければならなかったからです。時間になってボタンを押すと、電動で扉と窓が開け放たれます。十分に空気が入れ換わったら、特務班が長い棒の先に鉤《かぎ》がついた道具を持ってガス室に入ります。鉤を死体の首に引っかけて、クレマトリウムまで引きずっていくんです。この図でDのところですね。炉床は四つあって、ひとつの炉床で一度に四人を処理できました。大きな鉄の扉が開くと、運搬用の台車が出てきます。そこに死体を乗せて中に押し戻すと扉が閉まり、一五分で完了。だから炉床四つのクレマトリウム一基で、相当の数の死体を焼却していたんです。でもそれでは追いつかないこともありました。そこでSSは次の手を打ちます。クレマトリウムの後ろに大きな穴を二つ掘ったんです。ここですね。長さ三〇メートル、幅六メートル、深さ三メートル。穴の底に大きな木を切って並べ、ガソリンを撒きました。ものすごく大きな炎が上がった。実際、何キロも離れたところからでも見えたくらいです。一つの穴には一度に一〇〇〇人の死体が投げ込まれました。二四時間燃やしたら、次の一〇〇〇人を入れるのです。よく考えられていましたよ。何十メートルか先の小さな谷まで溝が掘ってあったんです。まだ燃えているかたまりが、穴からこの溝を通って谷に落ちるようになっていました。嘘だと思われるでしょうが、穴のそばで作業をしていた男が溝を流れていく人間の脂肪にパンを浸しているところを確かにこの目で見ましたよ。とにかく腹が減っていたということでしょうな。

一九四四年六月五日、ハンガリー人の子どもだけを乗せた移送列車が到着しました。移送の回数と人数が多い期間にはそうなりがちでしたが、SSの係官殿はガスが効くまでの五分を待つ余裕すらなかった。そのために、私たちはまだ息のある子どもたちを例の穴に投げ入れねばなりませんでした。ギリシャ人のロツィ・モルデハイは、もう我慢ができなかったのでしょう、自分から穴に飛び込みました。ほかの者にとっても限界でした。同じくギリシャ出身で、アレクサンダー・ヘレイラというがっしりした体格の男がいました。彼はポーランド人三人とロシア人六人と共謀し、クレマトリウム3と4を破壊することにしました。ロツィの自殺から数日後、アレクサンダーはSSの軍曹をシャベルで殴り殺しますが、破壊計画は実行されませんでした。アレクサンダーの遺体は、その夜〈D収容区〉の点呼の時に見せ物にされました。ああ、〈D収容区〉というのは、絶滅にかかわる作業をしている抑留者が収容されていたところです。ですが、クレマトリウム3はもうありません。一九四四年一〇月二日に暴動が起きたからです。

　この企ては、特務班に配属されたギリシャ人とほかの国の出身者、総勢二四三人で進められました。彼らはアウトウニオンの工場経由で機関銃一挺と弾薬二〇〇〇個を調達しました。ガソリンはいくらでもあります。見張りのSS隊員を襲い、クレマトリウムに火を放ちました。柵のところにいた歩哨も殺しました。ただ遺憾ながら、直前で怖じ気づいて参加しなかった者が大勢いたのです。ビルケナウにいたSSは一〇分以内に全員出動、アウシュヴィッツからも救援が送られました。この時点で〈D収容区〉の柵を出ていた抑留者たちは、こうして包囲されてしまいます。二五人がその場で殺され、残りは翌日生きたまま焼かれました。この時クレマトリウムの周辺のすべての労務班で二〇人が選別され、彼らも同じ運命をたどりました。ポーランド人が暴動の首謀者の名前を漏らしたのですよ。それが五人のギリシャ人だったことは私の誇りです。五人の英雄の名前も言わせてください。バルーフ、ブルド、カラッソ、アルディーテ、ジャホン。

　最後の〈作業命令〉は一〇月二四日でした。クレマトリウムの撤去が始まったのは一九四四年一二月一二日。そのために特務班のギリシャ人とポーランド人、ハンガリー人、合計二五人が集められました。私もそこに入りました。〈D収容区〉で暮らしていたほかの連中はみんな行ってしまった。私たちはずっとあそこにいたのですが、撤退の時にも忘れられて、おかげでいまこの話ができるわけです」

長い沈黙のあと、一人が口を開く。「どうやって償わせよう？　そんな日が来るのか？」

「償いなんてありえない」ハンスが答える。「SSの奴らを皆殺しにする、それしかない」

「つまり、すべてはSS、いやむしろ、党の責任だと考えていると？」カベリが反応した。

「それ以外の国民はみんな天使のような人たちだと？」

「いや、そんなことはありません。ドイツの国民全員に責任があります。この戦争には負けるので、指導者は切り捨てられるでしょう。でももし戦争に勝っていたとしたら、誰が総統を問い詰めたでしょうか？　どんな手段を使ったのか、共産主義者やユダヤ人はどこに行ってしまったのか……」

「ドイツ国民は一人残らずガス殺すべきだと？」

「そうは言っていませんよ。ですが、SSやゲシュタポその他にいた奴らは消されて当然だと思います。絶対に復活することがないように。残りの国民は、ドイツを担う新しい世代が育つまで、いわば保護観察下に置くべきでしょう。財閥や貴族の影響も大きい軍国主義と決別して、人道主義・博愛主義の環境で教育を受けた若者たちが現れるのを待つのです。そうすれば、何年も先でしょうが、社会主義ドイツが国家として立ちゆけるようになるかもしれません」

次の日の朝、ブロックの壁に弾丸が撃ち込まれた。不思議なことに兵士の姿はどこにもない。ハンスは第二ブロックの外来局を手伝っていた。収容所の南の角、ソワ川に近いところだ。

ものすごい衝撃だった。天井から漆喰が落ちてきて、窓ガラスも何枚かはじけた。ハンスは外の様子をうかがう。雪解け水でふくらんだ川は勢いよく流れている。よく見ると、氷のかたまりのあいだに板や角材が浮き沈みしている。橋の残骸だ。

「橋が爆破された」

これですべて終わった。そう実感できた。ドイツ軍が赤軍の追撃を遅らせようとしているのだろう。だが本隊はすでに何キロも先に逃げているに違いない。

収容所は危険を脱した（あとから知ったことだが、両軍の中間地帯になってからこの時点で丸一日経っていたのだった）。それから数時間後に赤軍が到着。雪原用の白い迷彩服を着た兵士たちが、何ごともなかったかのように収容所に入ってきた。ドイツ軍など存在しないとでもいうように、道路のど真ん中を歩いて。それから制服を着た抑留者を見つけ、無言で微笑みかけた。兵士たちはきっと、ドイツ兵に殺された自分の両親、陵辱された妻、焦土と化した祖国に思いを馳せたはずだ。抑留者もそれぞれに、妻や子、もう二度と会えない人たちのことを思ったのだった。

長く、心のこもった握手が交わされた。歓声は上がらなかったが、みな感極まっていた。

いまやすべてが変わった。夢だったことが現実となったのだ。有刺鉄線はあちこちで切り離され、監視塔は解体された。そうしてできた通路から、トラックや荷馬車が収容所に忙しく出入りするようになった。すばらしく晴れ渡った日だった。太陽の光がさんさんと降り注ぎ、あちこちの屋根から雪がすべり落ちている。まるで自然までが、この先にある新しい生を充実させることに一役買おうとしているようだった。じつはハンスは、これ以上収容所にいるのが嫌になっていた。何か張りつめたものが、しきりに飛び立てとハンスに迫る。鳥籠を開けるとたちまち飛び出す小鳥もそうなのだろうか。

ハンスはライスコの村に向かって歩いた。喧噪は収まり、砲声はずっと遠くからかすかに聞こえるだけ。ドイツ軍が戦線の立て直しを図っているのだろう。ほどなくハンスは

〈ノ・パサラン〉のところまで来たが、村はすっかり様変わりし、〈ノ・パサラン〉は砲弾を浴びて壁が崩れていた。すぐ近くにドイツ軍の戦車が二輛。片方は完全に焼け焦げている。これでやられたに違いない。

ハンスは中に入った。誰もいない。暖炉のある部屋はそのままだが、台所はめちゃめちゃだ。サクソフォンの残骸もそこで見つけた。思わず笑ってしまう。これが壊れた、あれが壊れたということに、いまさら何の意味があるのだろう？

それでも、ハンスはぴりぴりしていた。また歩きたいという衝動を抑えられない。ここではないどこかまで、ひたすら歩き続けようか。歩き疲れて道端に倒れこめば、すべてが終わるのか。

だからハンスは、まだ雪に覆われた平原を歩いた。雪はかなり薄くなっていて、時々水たまりに足を取られる。日差しは暖かかったが、靴に水がしみて嫌な寒気を感じた。

突然、目の前に塔が現れた。どうやって来たのだろう。塔を目指していたわけではない。これといったあてもなく平原を歩き回っていたのに。足場の木は湿っていて、まだ雪が残っているところもある。ハンスは慎重に登りはじめた。

塔には見張り台が三つあった。いちばん下の見張り台に立ち、地面のほうを見る。かなり不安だ。高いところが怖いのか。またあの〈何か〉がハンスに迫る。さあ、行け。ただ、遠くへ行け、力尽きるまで遠くを目指せというのではなく、下へ。ほんの一歩踏み出せば、まっすぐ下に落ちていく。そこで体はばらばらになっても、胸を締めつける悲しみからは解放される。そして彼女と一緒にいられる。なにしろ、頭の中を占めるのは彼女のことばかりなのだ。

しかし、ハンスは上に向かった。ほかの選択肢はない。ここで衝動に負けるわけにはいかない。逃げるな、戦え。どこまでも戦い続けろ。「一人ではなにもできない」あれは詩だ。それでも人生は続く。ハンスの中に流れる血が、前に進めと言う。ハンスが上を目指すなら、足もそのように動いてくれる。ハンスはそうやって登っていった。初めこそ少しぎこちなかったが、すぐにしっかりとした足取りで一段一段を踏みしめる。

最後の段まで登り切ると、天井に扉があった。それを押し開け、いちばん上の見張り台に上る。勝利の実感が湧いてきた。死に対する勝利。ハンスはいま、どの木よりも、どの建物よりも高いところに立っている。頬をなでるやわらかい風に春の気配を感じた。

アウシュヴィッツはさほど遠くない。ここからだと、白い塀がどんなふうに壊されたかがよく見えた。勝ったのだ。生きて出られるとは思いもしなかった場所を、こんなに高いところから眺めている。ハンスはまた誇らしい気持ちになった。

ビルケナウは少し左だ。大きい。周辺一帯を見渡せるここからでも、とても大きく見えた。実際大きかったのだ。あそこでなされた行為は超人のそれだ。世界のどこよりも多くの人間が殺された。比を見ない完成度にまで高められた絶滅の手段に支配されていた場所。だがそれも完全無欠ではなかった。完璧なものであったなら、ハンスはいまここにいない。生きてはいないはずだ。ではなぜ彼は生きているのか。なぜ生きることを許されたのか。命を落とした何百万人の人々よりも、ハンスの何が優れていたというのだろう。彼らと運命をともにしなかったという事実は、底知れない不幸に感じられた。〈ノ・パサラン〉で話を聞いたあの娘の言葉を思い出す。「この話をするために。この話をみんなに知らせて、本当にあったことだと説得するために、生きていよう……」

ハンスは南側に目をやった。早春のくっきりした空を背景に、まだ雪に覆われた平原が広がっている。だが、南には地平線がどこまでも続いているわけではない。ハンスの視線はあるところで阻《はば》まれ、ずっと遠くを見通すことはできない。

南の地平線はベスキディ山脈がさえぎっている。あの幻覚がまた浮かぶ。「フリーデル」――ハンスは手すりを握りしめる。指が木にめり込むほど強く。フリーデルが第一〇ブロックの窓を覆うあの金網を握りしめたように。あの時、二人は一緒に遠くの平原を眺めたのだった。いまは、離ればなれだ。

ハンスはここにいる。フリーデルがいるのは、幻覚が示すあの場所だ。地平線にかすむのは山並みではなく、彼女の体の輪郭のように思えてくる。

いま、ハンスの前には新しい世界がひらけている。だが〈あの場所〉にはどうやっても行けない。二人で隣り合って立ち、心にたぎる思いをあの山にぶつけたこともあったのに。フリーデルがいたあの頃、あの山には永久にたどり着けないと思っていた。フリーデルはそのくらい遠くに行ってしまった。

ハンスは一人だ。

いや、そうだろうか。フリーデルの面影はまだ消えない。彼女の姿はハンスの中で永遠に生き続ける。ハンスはこの先、その記憶に励まされながら生涯の務めを果たすつもりだった。だからフリーデルはハンスの中にいる。彼女は無駄に生きたわけではないし、彼女の魂はハンスを通してこれからも生きてゆく。たとえ身体は、はるか彼方にかすむあの山のどこかに眠っているとしても。

用語集（五十音順）

赤スペイン人　スペイン内戦で共和国派義勇軍に参加したドイツ人を指す言葉

医官　収容所のSS医師

医務長　収容所の医療部門を統括したSS医師

SS病棟　SS用の病院

SS特務部隊　占領下ポーランドに設置されたナチの武装攻撃部隊

SDG　衛生兵（Sanitätsdienstgrade）の略称。ＳＳ医療部門の下士官

FKL　Frauenkonzentrationslager（女性専用の強制収容所）の略称

KZ　Konzentrationslager（強制収容所）の略称

外来局　外来患者の受付窓口

カナダ　アウシュヴィッツで倉庫・保管所があった区画の別名

監督《カポ》　労務班の作業をしている抑留者を監督する立場にあった抑留者

休養許可　ブロックでの静養。労働は無理だが入院するほどではない者がバラックにとどまって休む許可

軍曹　ＳＳの階級：分隊長

古参抑留者 長く収容所に収容されている抑留者

伍長 SS下士官の階級

集団農場《コルホーズ》 ソ連時代の農業経営の形態

収容区長 各収容区の責任者。監督する抑留者の「懲罰的」措置について責任を負った

沼気ガス 沼や湿地で発生するガス（メタン）。沼気を採取・処理する工場での作業に従事する労務班の名前でもあった。沼気班はさまざまな品物を持ち込む・持ち出すことで有名だった

少佐 SS将校の階級

上等兵 SS兵卒の階級

司令部　収容所司令官の事務所

曹長　SSの階級：上級分隊長

特務班《ゾンダーコマンドー》　ガス室と火葬場で死体処理の作業をしていた抑留者のグループ

中尉　SSの階級：上級中隊長

長期居住者　オランダがドイツに占領される前からウェステルボルク収容所に収容されていたドイツ系ユダヤ人の亡命者を指す言葉

DAW　Deutsche Ausrüstungswerke GmbH（ドイツ装備製造有限会社）の略称。ドイツ軍向けの装備・軍需品の製造を行なっていた

鍋当番　鍋の運搬を担当する係

ノ・パサラン (No pasarán)　スペイン語：「奴らを通すな」。スペイン内戦で共和国派が使ったスローガン

売春宿　女性抑留者が強制的に売春をさせられていた施設。男性抑留者を懐柔し、生産性を向上させる目的でナチが設置した。ユダヤ人の抑留者は利用を認められていなかった

被服所　抑留者の衣料品を収めた倉庫

ブロック／宿舎　ナチ強制収容所で抑留者が居住したバラック

ブロック指導者詰所　SSのブロック管理責任者の詰所・警衛所

ブロック長　ブロック責任者。抑留者から選ばれた

懲罰房《ブンカー》　アウシュヴィッツの収容所監獄。第一一ブロックの地下にあった

兵長　SSの階級：班長

別動隊
ウェステルボルク収容所の抑留者で構成されるグループで、速やかに展開する必要のある特別な任務を担当した

部屋長
各部屋の責任者。抑留者から選ばれた

保護拘禁者
ほかの抑留者とは立場が異なり、保護されていた抑留者

イスラム教徒《ムーゼルマン》
激しく衰弱した抑留者を指す言葉

〈夜と霧収容所〉

囚人が拘禁され、秘密裏に処刑されていた収容所。本書ではナッツヴァイラーの収容所のこと

連絡指導者
点呼に責任を負うＳＳ下士官

労務班指導者
労務班を監督するＳＳ隊員

家族によるあとがき

エディ・デ・ウィンドの生涯

エディとフリーデルは、どういった経緯でウェステルボルクに収容されることになったのでしょうか。アウシュヴィッツ解放を見届けたエディのその後と、フリーデルの消息は。あとがきとして、本文では触れられていないことを補足しつつ、エディの生涯を振り返ってみます。

エディの子ども時代については、じつは私たちもよく知りません。失ってしまったものを思う悲しみがそれだけ深かったのでしょう、あまり話したがりませんでした。エディの人生の軸はアウシュヴィッツでしたから、アウシュヴィッツの前、その最中、その後、と時期を区切ってみていきましょう。

アウシュヴィッツ前

エリアザール・デ・ウィンド（Eliazar de Wind）、通称エディは、一九一六年二月六日、食器店を経営するユダヤ人の夫婦ヘンリエッテ・サンダースとルイ・デ・ウィンドの一人っ子としてオランダ・ハーグに生まれました。両親は繁盛する店のことで忙しく、エディは子守りがいる環境でのびのびと育ちます。両親ともに、ユダヤ教の教義にもとづく生活の規定を四角四面に守る熱心な信者ではありませんでした。いずれにせよ、オランダの社会にとけ込み、商売で成功しているユダヤ人の中産階級の家庭に生を享《う》けたことは、悪くない滑り出しだったと言えるでしょう。

エディが三歳になってまもなく、父ルイが脳腫瘍で亡くなりました。不幸は重なるもので、このあとエディはやかんをひっくり返して熱湯を浴び、大やけどを負います。半年入院して治療を受けたものの、顔と胸には大きな跡が残りました。

母ヘンリエッテはルイ・ファン・デア・スタムと再婚しますが、このルイも一九三六年に心臓発作で死去。エディは二〇歳、ライデン大学の医学生でした。その後ヘンリエッテはルイ・ゾーダイと再々婚。エディは新しい義父に「ルイ三世」とあだ名をつけました

(が、本人には不評でした)。ルイと前妻との間には息子が一人いて、父親と一緒に引っ越してきました。ロベール・ジャック、一二歳。ヘンリエッテはこの三番目の夫と一緒にアウシュヴィッツに送られ、二人とも殺害されてしまいます。ロベール・ジャックも同じ運命をたどりました。

子ども時代にいろいろな体験をしたこともあり、エディとヘンリエッテは強い絆で結ばれていました。オランダがドイツの占領下にあった一九四二年のエピソードには、この二人の関係がよく表れています。

エディは頭の回転が速く、世の中のできごとに関心をもつ青年に成長しました。幸い幼少期の不運は影を落とさず、充実した社会生活を送ります。夜はよく友達と集まり、世界情勢について議論を交わしました。得意な話題はニーチェ、フロイト、マルクス、共産主義など。ちなみに当時の愛称はたまご《エィチェ》。卵形の顔からついた名前でした。

大学準備教育を終えると、エディはライデン大学医学部に進学しました。医師になることはずっと決めていたようです。小さい頃は喘息《ぜんそく》持ちでしょっちゅう体調を崩していましたが、そのたびにヘンリエッテが「手当て」をしてくれるのがとてもうれしかったと話したことがあります。エディは学業に励み、青春を謳歌していきます。キリスト教徒の恋人がいて、ジャズバンド「リズム・ラスカルズ」ではクラリネット担当、ホテルなどでも演奏していました。そして暇を見てはヨットに乗りに出かけていました。

エディの両親はどちらも大家族の出身でした。ダイヤモンド産業にかかわっている者もいましたが、ほとんどが小売店を切り盛りしていました。大学進学が当たり前という環境ではなかったので、エディは親戚一同の誇りでした。

一九三〇年代を通してナチズムの脅威がオランダに迫ってくるのですが、エディの毎日に気がかりなことは何もありませんでした。ですから、一九四〇年五月にドイツが侵攻し、オランダが占領下におかれたことは、衝撃的なできごとだったに違いありません。

戦争

一九四一年初め、占領政府はオランダの大学にユダヤ人の職員と学生を追放するよう命じました。エディは教授・講師陣の理解のもと本来よりも短い期間で単位を取得し、ライデン大学を正式に卒業。ユダヤ人としてはこの時期最後の卒業生でした。続いて精神分析医となるためにアムステルダムに引っ越しますが、この研修は当局に知られないように教授の自宅で行なわれました。新居はユダヤ人街の静かな運河沿いにありました。第二次世界大戦前のアムステルダムにいたユダヤ人は八万人。大部分が市の中心に位置するこの一画で暮らしていました。

占領政府はユダヤ人社会に対する締めつけを強めていきます。エディはこの展開に不安を感じていました。ヒトラーが一〇年以上も前に『我が闘争《マイン・カンプフ》』に示した理論がドイツ人によって実行に移される日が来ると考えたからです。それでも、自分が逮捕されるとは思っていませんでした。一九四一年二月二二日から二三日にかけてアムステルダムではユダヤ人の若者四二七人が逮捕されますが、エディもその一人でした。戦時下で初のユダヤ人狩りは、ナチズム政党NSB(オランダ国家社会主義運動)の武装組織WAの一員ヘンドリック・コートが、ユダヤ人とオランダ人のレジスタンス活動家との衝突で死亡したことの報復として実施されたのでした。エディは、一九八一年のオランダの日刊紙《NRCハンデルスブラット》の記事でこう語っています。

> 街中に停めてきた自転車を取りに行こうと家を出て[…中略…]ユダヤ人街でドイツ人の兵士に呼び止められた。「ユダヤ人か?《ビスドゥユーデ》」なぜ「はい《ヤー》」と答えてしまったのか。

もし「おい、気は確かか、ぼくがユダヤ人だって？」と言っていれば、その場は切り抜けられたはずなのに。そうしなかったことで私の人生は九分九厘決まってしまった。

逮捕者は二つのシナゴーグにはさまれた広場（現ヨナス・ダニエル・マイヤープレイン）に連行され、何時間も地面に座らされたうえにドイツ人兵士の暴行を受けました。その後アムステルダムの北西、北海沿いの村スホールにあった収容所にトラックで運ばれますが、そこでもさらなる暴行が待っていました。兵士が並んでいる前を走らされ、銃床で殴られるという激しいものでした。

エディは殴られる痛みよりも恐ろしさを強く意識しました。このあと何が起こるのか、まったく予想がつかなかったからです。

四二七人の若者は「検分」を受けました。病気の者は移送されない――エディはそのチャンスを逃しませんでした。のちのアウシュヴィッツと同じく、ここでも医者であることが有利に働いたのです。もともと喘息持ちだったエディは、症状について知っていた結核の患者を装い、「病気が重く」移送は無理だと判断されて釈放されます。「逃走時に射殺」されるのが怖くてジグザグに走りながら、エディはつかの間の自由を味わいました。

この時に釈放されたのはエディを含めて一二人。残る四一五人はオーストリアのマウトハウゼンに移送されました。花崗岩採石場に隣接する強制収容所に送られた若者のうち戦争を生き延びたのはわずか二人。しかし、釈放されて命拾いしたともいえません。これまでにわかっているところでは、病気を理由に移送を免れた一二人で戦争を生き延びたのはエディだけです。

このユダヤ人狩りは、後々「二月ストライキ」と呼ばれるようになるレジスタンス行為につながっていきます。アムステルダム市民の多くは、同じ市民であるユダヤ人に対する仕打ちに我慢できない思いを抱いていました。そして共産党の指揮のもと、ユダヤ人狩り反対の意思表示として仕事を拒否したのです。前例のない勇気ある行動でした。とはいえこれも結局は暴力で鎮圧されてしまうのですが。

毎年行なわれる二月ストライキの記念式典では、ユダヤ人狩りで検挙され、戦争を生き延びたのはわずか二人だとして、マックス・ネービックとゲリット・ブロムが紹介されますが、エディの名前は呼ばれません。マウトハウゼンに送られた四一五人に入っていなかったことが理由なのでしょう。エディは終生納得できないと感じていたようです。

スホール釈放後のエディは、なんとか元の生活に戻ろうとしました。とはいえ一九四二年に入るとアムステルダムはかなり危険になり、ハーグの母親の友人宅に潜伏します。しかし一日中家に閉じこもっていることが苦痛でした。そこでスイスへの逃亡が計画されます。エディは婚約者とともに出発しますが、オランダを出て最初の立ち寄り先だったベルギー・アントワープで問題が発生。教えられた住所にたどり着けなかったのです。どうやら渡されていたメモの通り名が間違っていたようで、二、三日探し回ったものの見つからず、二人はオランダに帰ったのでした。

これはエディから聞いた話です。スイスに行かなくてすむように、エディがわざと失敗した可能性も考えられます。エディと母ヘンリエッテの関係は本当に深くて強いものでしたから、母親をオランダに残していきたくなかったのかもしれません。エディがハーグに戻り、ほどなくして起こったことを考えると、この推論もあながち的外れではないと思えるのです。

まず、ヘンリエッテが検挙され、ウェステルボルク通過収容所に送られました。オランダでは、国内のユダヤ人とドイツ当局の間にユダヤ人評議会という組織が置かれていましたが、この頃ちょうどウェステルボルクで働く意志のあるユダヤ人医師を募集していました。採用者は収容所にとどまること、つまりほかの収容所への移送はされないことを保証され、二週間おきの週末には収容所を出て自宅に帰ることもできるという待遇でした。エディはこの求人にひとつ条件をつけて応募しました。母ヘンリエッテもウェステルボルクから移送されないように配慮願いたい。ユダヤ人評議会は対応を約束しますが、これは無駄に終わりました。採用が決まって二、三日後にエディがウェステルボルクに到着すると、ヘンリエッテはすでにアウシュヴィッツに送られていたからです。

ウェステルボルクは管理の行き届いた収容所でした。日々の運営は主にユダヤ人に任されていて、食事の量は十分でしたし、病院はもちろん劇場などの施設もありました。とはいえ結局はナチの「通過」収容所であり、週に一回、一〇〇〇人前後のユダヤ人が貨物列車で東方《ポーランド》に移送されていました。正確な行き先――アウシュヴィッツ――は移動中に知らされるのでした。

エディは収容所の小さな病院で責任ある仕事を任され、懸命に働きました。主任医師の職務の中で、ひどく難しいことがひとつありました。移送列車に乗る抑留者の「選別」です。重病人は移送されないことになっていたので、家族や知人を重病者扱いにしてくれと頼みにくる抑留者が絶えませんでした。時々ドイツ側のチェックが入ることを考えると、その判断には慎重を極める必要がありました。まさに至難の業です。エディはこの体験を戦後も長く引きずり、ひどく苦しみました。実際、戦争が終わってからも、家族が移送されたのはエディが移送不適格にしてくれなかったせいだと怒りをぶつけてくる人がいたのです。

ウェステルボルクで、エディは一八歳の看護婦フリーデル（フリーダ）・コモルニクと出会いました。フリーデルはドイツ出身、長い逃避行を経て収容所の病院で働いていたのでした。エディとフリーデルは恋に落ち、エディは別の女性との婚約を破棄します。一緒にいるには結婚する必要がありましたが、ウェステルボルクでは正式な手続きを踏むことができたので、二人は晴れて夫婦になりました。その後は、病棟の片隅を板紙で仕切ってこしらえた部屋での暮らしが続きます。理想の新婚生活とは言えないにしても、一緒にはいられたわけで、当時の状況を考えれば幸せだったでしょう。もっとも、その先には悲運が待っていました。エディがユダヤ人評議会と交わしていた約束にもかかわらず、二人は一九四三年九月一四日にアウシュヴィッツに向けて移送されるのです。

アウシュヴィッツ

エディは、ドイツ軍の撤退後すぐに自分の体験をノートに書きつけました。それが本書の本文です。家族（妻と子どもたち）に時折思い出を語ることもありました。なぜ自分は助かり、ほかの人は亡くなってしまったのか。エディが苦しめられた罪悪感はホロコースト生存者に共通するものです。ただし、エディの場合は信じられないほど運がよかったことに加えて、フリーデルへの愛と再会への希望が生きる力を与えていたのでしょう。

本書『アウシュヴィッツで君を想う』の大きな特徴は、「戦争が終結する前に」「収容所の中で」書かれた文章だということです。時間の経過とともに変化していく記憶をつなげたり、終戦後に得られた知識を踏まえたりしたものではありません。真摯に綴られる収容所の日常は、歴史的にとても貴重な記録です。

一方、否応なしに現実を突きつける記述も散見されます。特に顕著な例は、フリーデルがひどく体調を崩した時にエディが医官と直談判して別の労務班に異動させ、彼女の命を救ったというエピソードでしょう。できるだけ多くの人の命を奪うことを目的に作られた場所で、たった一人を助けてほしいと訴えることの滑稽さ。医官がエディの願いを聞き入れるのも不思議ですが、この医師が誰であったかを考えると、まったく驚くほかありません。ヨーゼフ・メンゲレ。当時の抑留者にとってはほとんど意味のない名前で、エディもわざわざ書くまでもないと思ったのでしょう。そう、今日では歴史上最悪の戦争犯罪人とみなされている人物が、フリーデルの命を救っていたのです。アウシュヴィッツの虐待者はけだものでも宇宙人でもなく、人間的で思いやりのある判断が下せる普通の人間だったと感じてしまうことに、読者としてうろたえずにはいられません。

この一件から、メンゲレは今日評価されているほど残酷ではなかったといえるものでしょうか。この問いに対するエディ本人の答えは、本文中のフリーデルとの会話から明らかです。この時二人は、若くないSS隊員が、ナチの方針にはそぐわないものの思いやりが感じられる判断を下すことがあるのはどういうわけだろうという話をしていたのでした。

「それでよしとはならないよ。むしろよくないと思う。若い奴らは血と土の精神をたたき込まれて育ったから、ほかのことは知らない。だけど医官みたいな年上の連中がたまに小さな優しさを見せるのは、昔の躾の名残がまだどこかにあるからさ。いまとは違うことを習ったんだから、そのまま人間でいることもできたはずなんだ。つまり連中の罪はその分重い。若いナチ信者には分別がないんだから」

メンゲレはまさにそんな行為で人情を理解できることを示しました。だからこそ、メンゲレがアウシュヴィッツで行なったことはいっそう非難されるべきものなのです。

本文は一九四五年一月のアウシュヴィッツ解放で終わっています。原著一九八〇年版のあとがきで、エディは解放後の収容所の様子を描写しています。

SSが抑留者の大半をドイツ国内の収容所に向けた死の行進に駆り立てたあと、アウシュヴィッツの病院には数千人の病人が残されていた。赤軍が収容所に入ってから何日もしないうちに女性の軍医少佐が到着。オランダ人の病人全員の身柄が（その間に死亡しない限り）ソ連に引き渡され、最終的にオランダに返されるまで収容所に残ってほしいと私に頼んできた。それから三ヵ月、ありとあらゆる処置に取り組んだ。手足の切断や、私の知識と経験ではとても無理な手術も担当した。毎日忙しく、アメリカ製の豆と鶏肉の缶詰ばかり食べていた。「カナダ」（ユダヤ人の所持品を集めた倉庫）で見つけた毛皮のコートを売った。［中略］おかげでアウシュヴィッツとソ連で過ごした五ヵ月間、卵とクリーム（乳脂）をたっぷり手に入れられたので、七月にオランダに帰ってきた時の栄養状態はよかった。精神状態がどうだったかはよく覚えていない。ずっと昔のできごとを記憶を頼りに推測するのは危険だ。［中略］赤軍が姿を現してすぐ、われわれ抑留者は事務棟からヒトラーの大きな肖像画をはずしてきて、正門のところの地面に投げつけ、その上で交互にダンスのステップを踏んだことははっきりと思い出せる。ただ、それをどう感じたかは覚えていない。恨みを晴らせてうれしいというよりは、ばかばかしいと思ったような気がする。［中略］ここで何が起こったのかを世の中に知らせなければ。いま書き留めれば皆に知ってもらえる。そうすれば二度と起こることはないだろう。そう思っていたことは確かだ。同時に、自分の気持ちに決着をつけたかった。すべて外に、つまり紙に吐き出せば、やり場のない思いにとらわれることがなくなる。そう期待したのだ（甘い考えだったが）。私は分厚いノートを手に入れ、毎日ものすごく小さい字でいろいろなことを延々と書いていった。ポーランド人が使っていた部屋のベッドに腰掛けて、毎晩。このノートは今でも手元にある。昨今の書籍やテレビドラマのシナリオには——もしかするとその事実を認めたくないがために——記憶の改変ではないかと批判が出たりすることもあるけれど、ここに書いてあることにその指摘はあたらない。これは私が体験したことそのままだ。

アウシュヴィッツは解放されたものの、オランダが終戦を迎えるまでにはさらに数カ月かかりました。エディは赤軍に勤務することになります。アウシュヴィッツにしばらく残って病人の世話をしたあとは、傷病兵の看護のために戦線にも赴きました。この間、フリーデルの消息はまったくわかりませんでした。エディは、フリーデルはアウシュヴィッツから移動させられる途中で命を落としたと考えていました。ですが死の行進を生き延びた人がいるという話が東ヨーロッパにも伝わると、エディはまた希望を抱きはじめました。そして、オランダが解放されて間もない五月二三日、当時はソ連の一部だったウクライナのチェルニウツィから、オランダの赤十字社に問い合わせの手紙を出しました。本人の無事が確認できたら渡してください、とフリーデル宛ての手紙を同封して。その文面からは、不安と恋慕がない交ぜになっていることがうかがえます。

オランダがようやく解放されると、エディはなんとかして帰国しようとします。それは東ヨーロッパを通って地中海に抜ける長い旅になりました。オランダを発った時は貨車に乗せられていましたが、帰りは客車。フランス・マルセイユからドイツを経由して、エディは一九四五年七月二四日にオランダに入り、国境の街エンスヘデの受け入れ施設に向かいました。身分を証明するものを持っていなかったので赤十字社の係員と面談することになります。そこでエディが名前を名乗り、オランダを出てどこに連れて行かれたかを口にしかけると、奇跡のようなことが起こりました。面談の係員がエディの話をさえぎり、デ・ウィンドという名前の女性がつい最近アウシュヴィッツから戻ってきて、近くの病院に入院していると言ったのです。こうして、オランダに帰ってきたその日に、エディはフリーデルとの再会を果たしたのでした。

アウシュヴィッツ後

フリーデルとエディは、二人とも戦争によって深い傷を負いました。エディはからだ自体は健康で、問題は主にこころの不調でしたが、フリーデルは心身ともに痛めつけられていました。妊娠できないからだになって、その後何年も床《とこ》にふせることになります。家族や友人知人はほとんど殺され、帰る家もない。戦後の復興に沸くオランダで、彼らのような境遇の人間が注目されることはほとんどありませんでした。

エディとフリーデルは新しい生活のために奮闘します。エディは戦後まで残っていたなけなしの家財を売り払い、アムステルダムの郊外に家を建てました。また精神分析医の研修を終え、医院を開業します。エディはアウシュヴィッツを片時も忘れませんでした。精神分析医としては戦争による深刻なトラウマの治療を専門とし、早くも一九四九年には専門書『死との対峙』を刊行しています。「強制収容所《KZ》シンドローム」に初めて言及した出版物として定評があるものです。

エディとフリーデルが抱えていた苦しみ、トラウマの痛みは、あまりにも大きかったようです。アウシュヴィッツから生還して一二年後の一九五七年、二人は離婚します。

その後エディは絵画教室で出会った女性と再婚。アムステルダムの出身で、エディよりもかなり若く、しかもユダヤ人ではない。要するに育った環境が違う女性でした。二人は三人の子どもに恵まれます。

エディは普段はつらつとした人で、精力的に仕事をこなしていましたが、ずっと抱えているトラウマが不意によみがえることもよくありました。このために、戦争トラウマを専門とする精神科医ヤン・バスティアーンス教授（サイケデリック心理療法で有名）が運営する病院などで治療を受けたりもしています。過去のトラウマを克服するために幻覚剤を使うといった実験的治療にも挑戦していました。

心痛の種は思いがけないところにもありました。収容所で知り合い、辛苦をともにした妻と離婚したことを悪く言う人。そして再婚相手がユダヤ人でなかったことをユダヤ人社会への裏切りだと受けとめる人。エディは毎年オランダ・アウシュヴィッツ委員会（アウシュヴィッツ生存者が発起人となって一九五五年に設立した財団）が主催する記念式典に出席しています。オランダに戻って以来、戦争の犠牲者を助ける仕事に取り組んでおり、大勢の参列者の尊敬と信頼を集めていました。それでも、この「裏切り」を理由に背を向ける人もいたのです。

エディは新聞などへの寄稿も多く、講演者として国際会議に招待されることもよくありました。そのような場では、戦争のトラウマがのちの人生にどのような影響をもたらすかについて述べることが多かったのですが、もうひとつの専門である性科学の分野でも大きな功績を残しました。オランダでは初めての中絶クリニックの開院にかかわったほか、一九六九年にはさまざまな性的嗜好についてまとめた研究書『嗜好あるいは倒錯』を発表しています。

晩年のエディは、トラウマは直接の体験者で収束するものではなく、体験者（生存者）本人の影響下、その子どもたちに引き継がれると確信するようになりました。そしてこのテーマの研究と知見の蓄積を目指し、心理的戦争影響研究財団（Stichting Onderzoek Psychische Oorlogsgevolgen; SOPO）を設立します。世界各地の専門家が大勢参加する大がかりな活動になりました。

亡くなる三年前の一九八四年、エディはオランダ王室から勲章を授与されました。これまでの仕事の功績が認められた喜びはもちろんですが、叙勲の候補者にふさわしいと推薦してくれた人がいたことで、無駄に生き延びたわけではなかったのだと感慨を新たにしたのでした。

SOPOの仕事を進めていたエディは、重症の心筋梗塞に見舞われてしまいます。予後が悪く、エディのからだは次第に衰弱していきました。死が近づいていると悟ったことでアウシュヴィッツの記憶がよみがえり、ひどい恐怖にさいなまれるようになりました。一カ月強そのような状態が続き、すでに弱っていた心臓がとうとう音を上げました。一九八七年九月二七日、エディは七一歳でした。

本書二〇二〇年版について

オランダに戻ったエディは、世間の大半は戦争が終わったことに喜々とするあまり、絶滅収容所で何があったかを知りたがらないのだと考えました。復興優先。そんな時期でした。それでもエディは初志を貫徹、体験記は戦後すぐに出版されます。一九四六年に共産主義系の出版社デ・レプブリーク・デア・レタレンから刊行された『アウシュヴィッツで君を想う』の原著には、エディがアウシュヴィッツで数週間のうちに書いた文章がほぼそのまま収録されています。残念ながら同社はこのあとすぐに倒産し、本は絶版となって世の中から忘れられてしまいました。とはいえ、収容所の生還者たちは、アウシュヴィッツに関する重要な記録だとこの本を高く評価していました。

自分の生活を立て直すことに必死で、エディはしばらく、本の件は封印することにします。再版の可能性を探り始めたのは一九八〇年になってからで、ファン・ヘネップ出版から完全版が発行される運びとなりました。ただし、エディが再版を望んだ理由は喜ばしいものではありません。政治的暴力や不寛容を経験することはもう二度とないと信じていたにもかかわらず、そのような風潮が欧米でも復活してきたことに、懸念を募らせたのでした。

エディにとって『アウシュヴィッツで君を想う』は、過去を清算するために書かれた史実の記録というよりは、徹底的に非人間的な状況にあっても、人間はどのようにお互いを支え合い、愛し合い、精神の自由を失わずにいられるのかを示す、普遍的な価値をもった物語でした。そしてまた、極端な不寛容と優越感がいかにして想像を絶する行為につながっていくのかを描写した物語だともみなしていたのです。

ファン・ヘネップ出版から出た完全版が絶版になったあと、『アウシュヴィッツで君を想う』の存在は限られた人しか知らない時期がしばらく続きます。とはいえ、エディはこの本の再々版をあきらめたわけではありませんでした。アウシュヴィッツの真実を多くの人に知らせることの重要性を強く認識し、実際亡くなる直前まで英訳の作業を続けていました。

一九四五年のアウシュヴィッツ解放から七五年を経て、エディがこの物語を書きつけたノートの実物が世界各地で展示されることになりました。また各国語への翻訳も進められています。これはテロ行為や政治的暴力による苦しみを味わったすべての人たちの存在に敬意を表することにほかなりません。そしてまた、本書の最後に出てくるエディの思いもかなえられることになります。「この話をするために。この話をみんなに知らせて、本当にあったことだと説得するために生きていよう……」

このあとがきには、エディ本人による一九八〇年版のあとがきを一部引用しました。さらに、エディ本人が書いたものの原書には収録されなかった文章、赤十字社およびアウシュヴィッツ・ビルケナウ博物館の記録、一九八一年二月一四日付《NRCハンデルスブラット》の記事をはじめ、さまざまな資料を参考にしています。

二〇一九年六月　アムステルダムにて

訳者あとがき

本書は、二〇二〇年一月にオランダのムーレンホフ社から刊行された *Eindstation Auschwitz: Mijn verhaal vanuit het kamp* (1943 - 1945) の全訳である。オランダ語のタイトルは「終着駅アウシュヴィッツ——収容所で綴った手記（一九四三〜一九四五年）」というような意味だ。一九四六年二月に刊行された版に「家族によるあとがき」を加えたこの新装版は、アウシュヴィッツ解放から七五年を経て英仏独語などへの翻訳と同時に発売された。オランダ文学基金のデータベースによると、現在二五を超える言語に翻訳されている。

著者エディ・デ・ウィンド（一九一六〜一九八七年）は、医師として勤めていたオランダ北東部のウェステルボルク通過収容所から一九四三年九月にアウシュヴィッツ強制収容所に移送された。一九四五年一月にアウシュヴィッツの全面撤退がはじまると、病人とともに収容所に残ることを選び、ソ連軍による解放後も医師の仕事を続けた。本書は解放後の収容所という特殊な状況下で書かれた体験記である。エディは一九四五年の七月にオランダに帰国したのち、日常生活を立て直すかたわら出版社をあたり、早くも翌年初めに刊行にこぎつける。ただし、「家族によるあとがき」にあるように、この出版社はまもなく倒産、その後一九八〇年に別の出版社から再版されたものも注目されないまま終わった。ちなみに、オランダ、ユダヤ人というと『アンネの日記』だが、そのオランダ語版 *Het Achterhuis* が初めて刊行されたのは一九四七年六月、その後〈研究版〉が出たのは一九八六年のことだ。

アウシュヴィッツにかぎらず、生還者の証言や収容所を舞台とした小説・映画はいまやたくさんあるし、インターネットでさまざまな資料にあたることもできる。だから、現代の読者にとって、本書で描かれる収容所の生活に新しい要素はないかもしれない。しかし、著者はオランダの収容所で出会って結婚した妻と一緒に移送され、アウシュヴィッツ到着後も解放の直前まで互いの顔を見て言葉を交わすことができる距離にいた。家族の消息がわからず不安にさいなまれながら過酷な環境に耐えた人たちとは条件が違っていたわけだ。

本書は一年半にわたる収容所の体験を本人が綴った手記だが、最初の章を除き、一貫して「ハンス・ファン・ダム」という名前の若い医師が主人公の物語のように進行する。ハンス以外の登場人物は妻フリーデルをはじめ（ほぼ）実名（Siertsema, 2007）。すべてはハンスが見聞きしたこととして記される。

まじめでひたむきなハンスは、フリーデルが〈実験棟〉にいることがわかると、そこで行なわれている人体実験の犠牲とならないよう手を回す。そうやって妻の安全を確保するために必死になる一方、〈実験棟〉の隣の抑留者病棟で働きながらあらゆる機会をとらえて彼女に近づこうとし、一度は懲罰班に送られてビルケナウでひと月を過ごしさえする。収容所の厳しく理不尽な日常を生きる中で、ハンスの心の支えはフリーデルの存在、もっといえば二人のこれからへの期待だった。

一九四五年一月。いよいよ前線が迫り収容所の撤退が決まると、フリーデルはハンスの制止を聞かずに〈死の行進〉に出発する。こうして二人は知り合って以来初めて、本当に離ればなれになってしまう。行き先もわからないまま雪の中を歩かされることに、すでに衰弱していたフリーデルが長く耐えられるとは思えなかった。ハンスの不安は悪夢につながり、恐怖のイメージが頭から離れなくなる。ハンスは収容所の分所があった村に仲間と数日潜伏するが、結局はアウシュヴィッツに戻ってソ連赤軍の到着を見届ける。

待ち焦がれた〈終わり〉と〈はじまり〉なのに、ハンスは一人だった。フリーデルの行方は知れず、思い描いていた二人のこれからはもうかないそうにない。一緒にはじめることはできないにしても、自分はこの先フリーデルに対する想いを柱に生きていく。ハンスはそう決意して、物語は終わる。

繰り返すが、本書は収容所の体験記である。三人称で淡々と記されているものの、凄惨な場面も多く出てくる。しかし最後まで読むと、これは一本気なハンスからフリーデルへの壮大なラブレターではないかという気がしてならない。愛する人がそばにいた時には、二人で生き（てい）ることへの希望。一人になったことを理解してからは、それでもとにかく生きていくことへの希望。あるいは、喪失を生きる力に変える勇気。ハンスがその覚悟をいちばんに伝えたいのはやはりフリーデルなのだ。

ハンス、すなわち著者エディにとって、アウシュヴィッツは人生の終着駅ではなかった。そしてフリーデルも〈死の行進〉を生き抜いていた。エディはオランダに帰国したその日にフリーデルと奇跡的に再会し、二人はアムステルダムで暮らしはじめる（が、アウシュヴィッツで負った傷はあまりにも深く、結婚生活は一二年後に終わりを迎えることになる）。

収容所の暗澹たる日々の中でも、ハンスは自分の頭で考えることを放棄しない。収容所がつくられた理由を経済的利益に結びつけ、権力の構造を分析する。ドイツ占領下のオランダでユダヤ人への締め付けが厳しくなる状況を直接経験したにもかかわらず、社会全体の格差の問題が解決すれば〈ユダヤ人問題〉なるものも存在しなくなるとシオニストに向かって主張する。しかもハンスは、ソ連を含むヨーロッパ各地からの政治犯、同性愛者、エホバの証人らと生活をともにし、シンティ・ロマ（ジプシー）の人々を目の当たりにする。アウシュヴィッツに入れられていたのはユダヤ人だけではなかったのだ。著者が出会った収容者にたまたまそういう人が多かった可能性もあるが、非ユダヤ人のホロコースト犠牲者が戦後社会的に認知されるまで相当の時間を要したことを思えば、注目すべき記述ではないだろうか。

エディは帰国後に精神科医・精神分析家として開業し、戦争のトラウマの問題に取り組んだ。彼が提唱した〈強制収容所《KZ》シンドローム〉という用語は、心的外傷後ストレス障害（ＰＴＳＤ）の診断体系の構築につながっていく（Sak & Suchodolska, 2020）。またトラウマの世代間伝達についても、早い時期に指摘を行なっている。とはいえ、彼自身が収容所からの生還者であり、再婚後恵まれた三人の子どもたちにそのトラウマを受け継がせてしまっていることに無自覚であったはずはない。精力的に仕事を進めながら、エディは生涯にわたって収容所を生き延びられた理由を考え続けた。戦後すぐには「特異な順応性を示した人ほど生き延びる確率が高くなる」と述べたこともあったが、のちに「まったくの偶然・幸運が重なった」からだと意見を変えたという（Veen, 2020）。「何千もの幸運な偶然によって」と書いたヴィクトール・フランクル（『夜と霧 新版』五頁）と同じ結論にたどり着いている。

本書は〈現場〉で書かれ、その分距離が近いとはいえ、著者の記憶の記録だ。エディはアウシュヴィッツで何が起こったかを伝えるために自分の体験を書き残したわけだが、現在知られている事実と異なる部分もあり、ポーランド語版ではその点について注釈が付されている（Polen in Beeld, 2020）。戦争が遠のく中、当時の記憶を直接語ることができる人は少なくなり、収容所の体験は思い出すものではなくなりつつある。それでも、続く世代が生存者の証言を受けとめ、受け継いでいくことはできる。じつは本書の存在が世界に知られるきっかけとなったのも、アウシュヴィッツに関する特別展で草稿のノートが展示されたことだった。

二〇二〇年一月二七日、ポーランド・オシフィエンチムではアウシュヴィッツ解放七五年の記念式典が開催され、元収容者でポーランド出身の歴史家マリアン・トゥルスキ（当時九三歳、エディより一〇年あとの生まれ）が娘や孫の世代に向けて「無関心になってはいけない」と語りかけた。過去に関心をもちつづけ、想像力を共有すること。何らかのかたちで本書がその助けになれば、著者の本望だと思う。エディの体験が日本語でも読み継がれていくなら、お手伝いをさせていただいた者としてとてもうれしい。

二〇二一年二月

文庫版訳者あとがき

二〇二一年九月、アムステルダムの旧ユダヤ人地区の一角に新しいホロコースト記念碑が完成した。第二次世界大戦中にナチ強制・絶滅収容所に送られて命を落とした〈オランダの〉ユダヤ人——オランダ国籍のユダヤ人に加え、ドイツやポーランドから逃れてオランダで生活していたユダヤ人——とシンティ・ロマの人々を追悼するものだ。犠牲者ひとりひとりの名前と生没年を刻んだ一〇万二〇〇〇個以上のレンガが壁のように積み重ねられ、訪れた者はそのあいだを歩く。

ここにエディ・デ・ウィンドの名前はない。彼はアウシュヴィッツ収容所での一年半を耐え抜き、自らの凄絶な体験を書き残した。ドイツ軍は撤退にあたって証拠の隠滅を図り、設備の破壊や書類の焼却を行なったが、その日々を支え合って生き延びた人々がいるという事実を消し去ることはできなかった。この人たちが「本当にあったことだ」と話そうと決意してくれたからこそ、私たちはその記憶をつないでいくことができる。

文庫化のお話をいただき、読み直してみてまず感じたのは、「みんな生きていた」ということだった。名前を奪われ、死が日常化した収容所の中でも、ハンス（エディ）が自分の目で見て、言葉を交わし、心を通わせた相手は、確かにその時そこで生きていた。彼らがひとりの人間として、いろいろなことを考え、迷い、泣き、怒り、口論をし、時には冗談を言って笑い、未来への希望を描きながら生きていたことを思うと、本書はハンスからフリーデルへのラブレターの枠を超えた、〈生〉の記録と受け止めることもできるだろう。

解放後の収容所に戻ったハンスに、オランダ人ヤーピが「砂糖がないとパンケーキが焼けない」と言う場面がある。オランダのパンケーキは、いまも子どもの誕生会の定番で、気が置けない仲間や家族と楽しむ、ちょっと特別な感じがする食べものだ。砂糖を探しに行ったハンスはクレマトリウムで作業をしていた人の話を聞くことになり、パンケーキがどうなったのかは記されていないが、底なし沼のような〈死〉の語りの前に、小さくとも生きるほうに舵を切り、それを祝おうとした人がいたことに意味を見いだしたい。

今回、翻訳については表現をいくつか調整した。また用語集は項目を整理したため、単行本とは異なっていることを申し添える。機会を与えてくださった早川書房のみなさんに感謝します。

二〇二三年一月

塩﨑香織

＊本書に関係のある博物館・資料館

アウシュヴィッツ＝ビルケナウ博物館　日本語資料ページ
http://www.auschwitz.org/en/more/japanese/

オランダ・ウェステルボルク通過収容所　歴史資料館
https://kampwesterbork.nl
（オランダのホロコースト博物館は二〇二四年開館予定）

ベルギーとフランス北部の通過収容所だったカゼルネ・ドサン　ホロコースト・人権博物館
https://www.kazernedossin.eu

引用文献

フランクル、V・E（二〇〇二年）『夜と霧 新版』池田香代子（訳） みすず書房

Polen in Beeld. (2020, January 26). Eindstation Auschwitz, herinneringen uit het kamp. https://www.poleninbeeld.nl/cultuur/literatuur/non-fictie/eindstation-auschwitz-herinneringen-uit-het-kamp/

Sak, J., & Suchodolska, M. (2020). Eliazar de Wind (1916–1987). *Journal of Neurology*. https://doi.org/10.1007/s00415-020-09922-0

Siertsema, B. (2007). *Uit de diepten: Nederlandse egodocumenten over de nazi concentratiekampen*. Skandalon.

Veen, E. van. (2020, January 26). Melcher de Wind vindt pas nu, 75 jaar na Auschwitz, aandacht voor het relaas van zijn vader Eddy, die het kamp overleefde. *De Volkskrant*. https://www.volkskrant.nl/gs-bc1299f0

本書は二〇二一年四月に早川書房より単行本として
刊行された作品を文庫化したものです。

訳者略歴　翻訳・通訳者　国際基督教大学卒　訳書にディーンデレン＆ヴォルカールト編著『誰がネロとパトラッシュを殺すのか』，スクッテン『ふしぎの森のふしぎ』，ライマン『皮膚、人間のすべてを語る』など

HM=Hayakawa Mystery
SF=Science Fiction
JA=Japanese Author
NV=Novel
NF=Nonfiction
FT=Fantasy

アウシュヴィッツで君《きみ》を想《おも》う

〈NF599〉

二〇二三年三月十日　印刷
二〇二三年三月十五日　発行
（定価はカバーに表示してあります）

著　者　エディ・デ・ウィンド
訳　者　塩《しお》崎《ざき》香《か》織《おり》

発行者　早川　浩
発行所　株式会社早川書房
郵便番号　一〇一 - 〇〇四六
東京都千代田区神田多町二ノ二
電話　〇三 - 三二五二 - 三一一一
振替　〇〇一六〇 - 三 - 四七七九九
https://www.hayakawa-online.co.jp
乱丁・落丁本は小社制作部宛お送り下さい。
送料小社負担にてお取りかえいたします。

印刷・株式会社精興社　製本・株式会社フォーネット社
Printed and bound in Japan
ISBN978-4-15-050599-8 C0198

本書は活字が大きく読みやすい〈トールサイズ〉です。